光文社文庫

佐伯泰英「吉原裏同心」読本

光文社文庫編集部 編

光 文 社

●監修――渡辺憲司
（立教大学名誉教授）
●取材・執筆・編集協力――折笠由美子
●シリーズ紹介執筆――光文社文庫編集部

佐伯泰英「吉原裏同心」読本◉目次

第一章◉吉原とは？

第六章 吉原街歩き

仲の町

第一章◉吉原とは?

『あづまの花江戸繪部類』国立国会図書館

吉原は江戸最大の遊楽地

吉原は江戸時代初期につくられた、江戸における官許《かんきょ》唯一の遊里だ。

ここは男たちにとってちょっと高級なテーマパークのようなところで、さまざまな遊びが体験できた。美女による接待はもちろん、男女の芸者衆による座興を楽しむことができたし、茶屋遊びに興じることもできた。和歌や俳句などの芸術について見識の高い女性と語りあったり、まばゆく美しい衣装の女性たちをうっとりとながめることもできた。そしてなによりかりそめながら、恋のかけひきを味わうことができた。男なら一度は行ってみたい、わくわくどきどきのアミューズメントパーク。

ここでは武士を頂点とした身分制など、さほどの威力はない。それよりもふんだんに金を落としてくれる人物のほうがずっと偉い。ただし、単に金を使えばいいというわけでもない。男たちは「モテたい」がために服装に気を使い、気のきいた話のひとつも仕入れ、ときに手土産などを手にいそいそと足を運んだ。遊女たちはより実入りのいい客をとろうと、女を磨き教養を身につけた。

不夜城のこの町には毎晩多大な金が落とされ、ファッションやイベントなど、流行の発信地としても人々の憧れを誘い続けた。

＊

『吉原裏同心』のシリーズは、この吉原を舞台に、剣豪神守幹次郎《かみもりみきじろう》が活躍する。彼は故郷豊後岡藩《ぶんごおか》を、人妻汀女《ていじょ》を連れて出奔《しゅっぽん》し各地をさまようが、やがて江戸吉原で会所の主《あるじ》・四郎兵衛《しろべえ》に見込まれ、遊廓《ゆうかく》の用心棒となる。吉原裏同心の誕生である。

なにしろ吉原は一晩で金一〇〇〇両が落ちると言われた場所。他の岡場所（非公認の色里《いろざと》）と比べてぐんと格式は高く、人気の遊女の愛用品は江戸で大流行する。そしてうまい汁にありつこうと、さまざまな輩《やから》が触手を伸ばす。そのたくらみを粉砕し、吉原に生きる人間たちを守るのが、幹次郎の仕事だ。

時代は天明《てんめい》から寛政《かんせい》（一七八一～一八〇一）にかけて。田沼意次《たぬまおきつぐ》の賂《まいない》政治から松平定信《まつだいらさだのぶ》に実権が移行し、江戸文化が成熟を深めた時期にあたる。

幹次郎が活躍した吉原とはどういうところなのか。まずは吉原という遊里がどうしてできたのか、その成立の歴史を追ってみることにしよう。

江戸（抄）地図
北
東
南
西
大橋
千住道
鐘ヶ淵
隅田村
木母寺
隅田川
三河島
日暮里
谷中
駒込
小塚原
日本堤
新吉原
山谷堀
今戸町
竹屋ノ渡
今戸橋
長命寺
三囲稲荷
小梅村
根岸
東叡山寛永寺
中堂
浅草寺
花川戸町
白山
小石川
本郷
東本願寺
雷門
吾妻橋
伝通院
駒込追分
不忍池
広小路
浅草駒形堂
阿部川
浅草
御徒町
蔵前
神田大明神
外神田
湯島
牛込
神田川
水道橋
御米蔵
向柳原
大横川
柳橋
番町
田安門
内神田
浅草御門
両国橋
本所
馬喰町
一ツ橋
大川
元吉原があったところ
(1618~1657)
葺屋町
新大橋
北町奉行所
小名木川
麹町
江戸城
江戸橋
日本橋
南茅場町
深川
半蔵門
西之御丸
八丁堀組屋敷
永代橋
南町奉行所
京橋
霊岸島
富岡八幡宮
永田町
八丁堀
三十三間堂界隈
数寄屋橋
西本願寺
石川島
洲崎
溜池
汐留橋
佃島

一――吉原が生まれたわけ

元吉原はもともと人形町にあった

現在吉原というと、浅草寺裏の場所を思い浮かべる人が多いだろう。一般的にはそれに違いないが、じつは最初に「吉原」がつくられたのは日本橋葺屋《ふきや》町《ちょう》のはずれで、今の人形町あたりだった。葭《よし》が生い茂る場所を埋め立ててつくられたことから、葭原《よしわら》と呼ばれたという。のちに縁起をかついで「吉」の字をあてたとされる。正確には、この人形町にあった遊里を「元吉原」、移転した後の浅草寺裏のほうを「新吉原」と呼び、区別される。

元吉原の営業が始まったのは元和四年（一六一八）のこと。幕府から下賜《かし》されたほぼ二〇〇メートル四方の土地だった。

『吉原裏同心』の幹次郎が活躍するのは、新吉原のほうである。一般に吉原といえば、この新吉原をさす。

吉原の生みの親、庄司甚右衛門

遊女屋は元吉原ができる以前にも麴町《こうじまち》や鎌倉河岸《かまくらがし》などにあったものの、江戸に官許の傾城町《けいせいまち》はなかった。その必要性を幕府に訴えたのは、遊女屋を営む庄司甚右衛門《しょうじじんえもん》なる人物だった。彼はその理由として次の三点を挙げた。

○人の金を横領し遊ぶような客を、何日も逗留《とうりゅう》させないで帰すことができる。
○かどわかした子や養女にした子を遊女にさせるというやりかたをやめさせることができる。
○犯罪者の捕縛が容易になる。

庄司甚右衛門は、商売のしやすさなどからだったのだろう、江戸に散在していた遊女屋をまとめ、一つの町をつくろうとしていた。なんとかして許可をもらうために必死に知恵を絞ったさまがうかがえる。請願書を出したのが慶長十七年（一六一二）のこと。

江戸幕府ができてまだ十年足らずで、体制転覆を図る輩《やから》にも、まだまだ目を光らせなければならない時代だった。世間の目を逃れたい者は、えてして遊女町に潜伏することもある。そのため、監視の目がゆきとどくから、という庄司甚右衛門の主張は、それなりに説得力があったのかもしれない。

女性が少なかった江戸

申請から五年後の元和三年（一六一七）、ようやく幕府の許可が下り、元吉原は江戸で唯一の公許遊廓となり、翌年から営業を開始した。

特筆すべきは幕府の条件の中に「傾城町の外《ほか》、傾城屋商売をしてはならない」とのお墨付きをもらったことだ。ここ以外は違法ということで、多くの人が元吉原を訪れることとなった。

広く知られているように江戸の初期は女性の数が少なかった。江戸のまちづくりは地方出身者に多くを依《よ》っていたため単身者が多かったし、寛永《かんえい》十二年（一六三五）からの参勤交代により、地方に妻子を残してきた武士も多かった。中間《ちゅうげん》なども妻を持つ者はまずいない。そんな中、遊女屋はかなりの需要があったに違いない。

元吉原は、江戸《え》町《ちょう》一丁目、二丁目、京町《きょうまち》一丁目、二丁目、角町《すみちょう》があり、併せて五町と呼ばれた。江戸町は江戸にちなんで名づけられ、京町は京都からの移住者が多いことからつけられたとされる。

その後、幕府の命令により、吉原の夜の営業が禁止され、昼だけの営業とされてしまう。これは寛永十七年（一六四〇）のことで、翌年あたりにはさらに遊女の外出が禁止された。客の屋敷に行く町売《まちうり》の女性たちとの区別が難しいということで、甚右衛門の届け出によって禁制とされたのである。

じつは遊女が相手の屋敷へ行く町売はその前から禁じられていたのだが、それまでは外出は自由で、参詣などにかこつけて知人にごちそうになったりしていた。さぞやがっかりした遊女も多かっただろう。

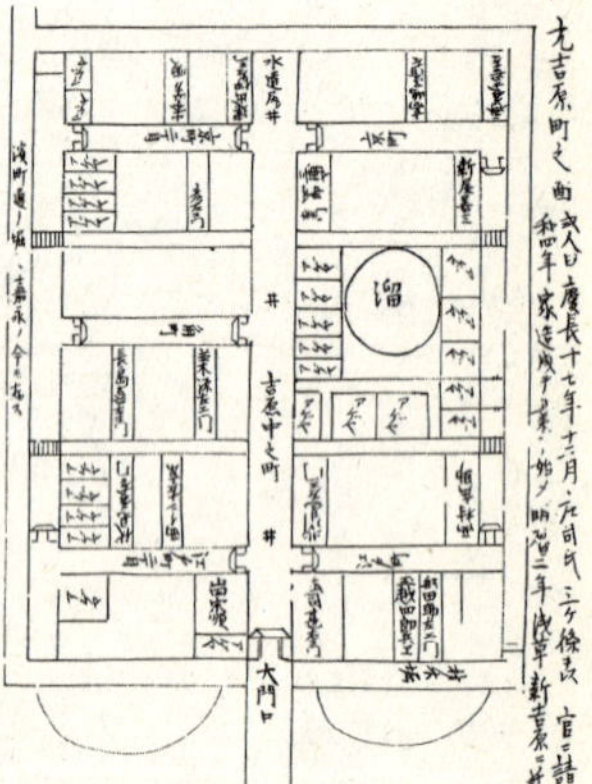

元吉原略地図。『守貞謾稿』国立国会図書館

新吉原に移転した後の時代の、日本堤をそぞろ歩く遊女たち。遊女たちは原則、廓《くるわ》から出られなかったので、廓の外でこのような風景が見られるのは稀《まれ》なことだった。

勝川春潮『日本堤遊歩』千葉市美術館

葭の原が一気に中心地に

さて、当初は夜は人気《ひとけ》もなかった元吉原も、江戸の発達に伴い、またたくまに中心地となってしまった。江戸のまちの変化は想像以上にエネルギッシュだったようだ。そうなると、まちの真ん中に傾城町は具合が悪いと判断した幕府により、もっと辺鄙《へんぴ》な場所へ移るよう命じられた。場所は本所か浅草日本堤かの二者択一である。明暦二年（一六五六）のことだった。

町名主《まちなぬし》たちは相談して日本堤への移転を決めた。日本堤は近くを千住までの道が複数本走っていて便利だし、浅草寺への参拝客の取り込みも期待できたからだ。一方、本所へ行くには舟で大川（現在の隅田川）を渡る必要があった。

大川はまだ架橋されておらず、初めての橋として両国橋（大橋）がかかったのは万治二年（一六五九）、明暦の大火の被害にかんがみてのことで、これにより、両国広小路と本所が結ばれた。南に新大橋（一六九三）、永代橋（一六九八）、北東に吾妻橋（一七七四）がかかり、通行の便がよくなるのは、もう少し後のことである。

明暦の大火で焼けた元吉原

日本堤への移転の準備に追われていた町名主たちを襲ったのが明暦三年(一六五七)一月の大火、通称振袖《ふりそで》火事だ。元吉原も類焼し、二カ月ほど山谷《さんや》、今戸、新鳥越で仮宅営業(他の人の家や見世を借りて営業すること)をしたものの、八月には無事、日本堤へ移転を果たすこととなる。これに際し、幕府から出された条件は以下の通りだった。

○これまでより五割増しの二万七六七坪(『武江《ぶこう》年表』だと二万四三〇〇坪)の土地の提供
○遠方のため夜間の営業も可
○商売仇《がたき》の風呂屋も二百余軒を取り潰す
○遠方なので山王、神田の祭礼および出火の際の跡始末の町役を免除する
○一万五〇〇〇両下賜する(『武江年表』だと一万五〇〇〇両)

まずまずの温情だろう。とにかくこうして、浅草日本堤が新天地となった。火事があったからあきらめもついたかもしれないが、そもそも、約四十年もかけて発展させた土地を、一方的に所替えを命じられた町名主たちの思いはどういうものだっただろう。

その苦い経験が、彼らを役人への賄賂や情報収集といった行動へと促すことになり、『吉原裏同心』では、こうした吉原独特のシステムが前提としてある。幹次郎が用心棒として要請されるのも、このような自治の精神があるためだ。

二――新吉原で再スタート

新天地は浅草寺裏側

リ・スタートを切った新吉原は今の台東区千束《せんぞく》あたりの場所。広さは二万七六七坪、東西は京間で一八〇間、南北で一三五間（当時の京間は六・二尺

江戸時代と現代の新吉原　比較図

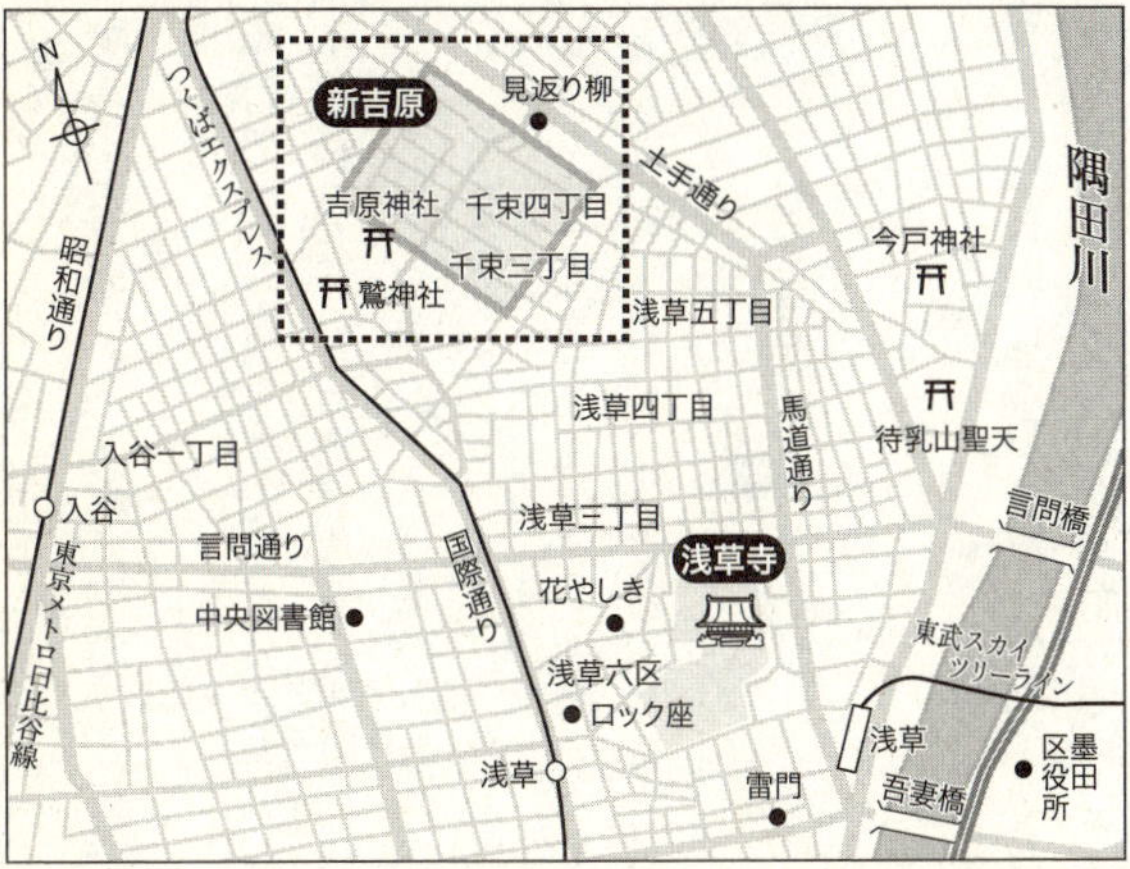

〔約一・八八メートル〕)、六・三尺〔約一・九一メートル〕)、六・五尺〔約一・九七メートル〕と三種あった)。北東の方角にメインの入り口である大門《おおもん》があり、町は、南西に長方形に延びた形をしている。

当時の江戸府内は浅草寺御門までが町奉行の支配であり、そこを外れた新吉原は、本来なら代官の支配下にあるべき土地だった。さらに、浅草寺界隈《かいわい》には寺社領が多く、そこは寺社奉行が監督していた。つまり、このあたりは三《み》つ巴《どもえ》の支配が複雑に絡《から》み合っている場所だったのだ。

新吉原は、面番所に隠密廻り同心が詰めていたことからもわかるように、町奉行の支配下にあった。これは遊廓という場所の特殊性によるもので、『吉原裏同心』の吉原の重鎮たちがときとして鵺《ぬえ》のように変幻自在に見えるのは、この特殊性に対応しなければならなかったためかもしれない。

おはぐろどぶに囲まれた世界

遊廓への出入口は複数あったが、その多くは普段は閉ざされ(酉《とり》の市《いち》が立つときは客を見込んで裏門が開けられた)、メインの大門一カ所のみを使用していた。

実質的に、大門が遊廓の唯一の出入口だったことになる。

この大門、開門中は男客は基本的に出入りが自由だが、怪しい者に対しては、大門近くに設けられた面番所の隠密廻り同心が岡っ引きなどを使って調べた。

周囲はおはぐろどぶと呼ばれる堀に囲まれている。名前の由来は、遊女たちが歯を黒く染めるお歯黒を捨てたものがどぶを黒く染めていたためとも、黒く濁っていたためとも言われている。初期は幅は五間（約九メートル）で、けっこう広い。幕末から明治初期には二間（約三・六メートル）になった。

五町プラス二町で構成

吉原の街並みは、遊廓を貫く「仲之町」を中心に左右それぞれに分かれている。中でも江戸町《えどちょう》一丁目、二丁目、京町《きょうまち》一丁目、二丁目、角町《すみちょう》を五丁町《ごちょうまち》といった。元吉原のときと似ている。各町の入口には木戸があった。

名高い妓楼（遊女屋）の三浦屋は京町一丁目、松葉屋は江戸町一丁目にあった。

五町以外に伏見町と揚屋《あげや》町があるが、揚屋町は新吉原に移ってきた際に揚屋をまとめた区域だったのでそう呼ばれる。揚屋とは遊女を呼んで宴会を楽しみ、

『吉原裏同心』における新吉原廓内図

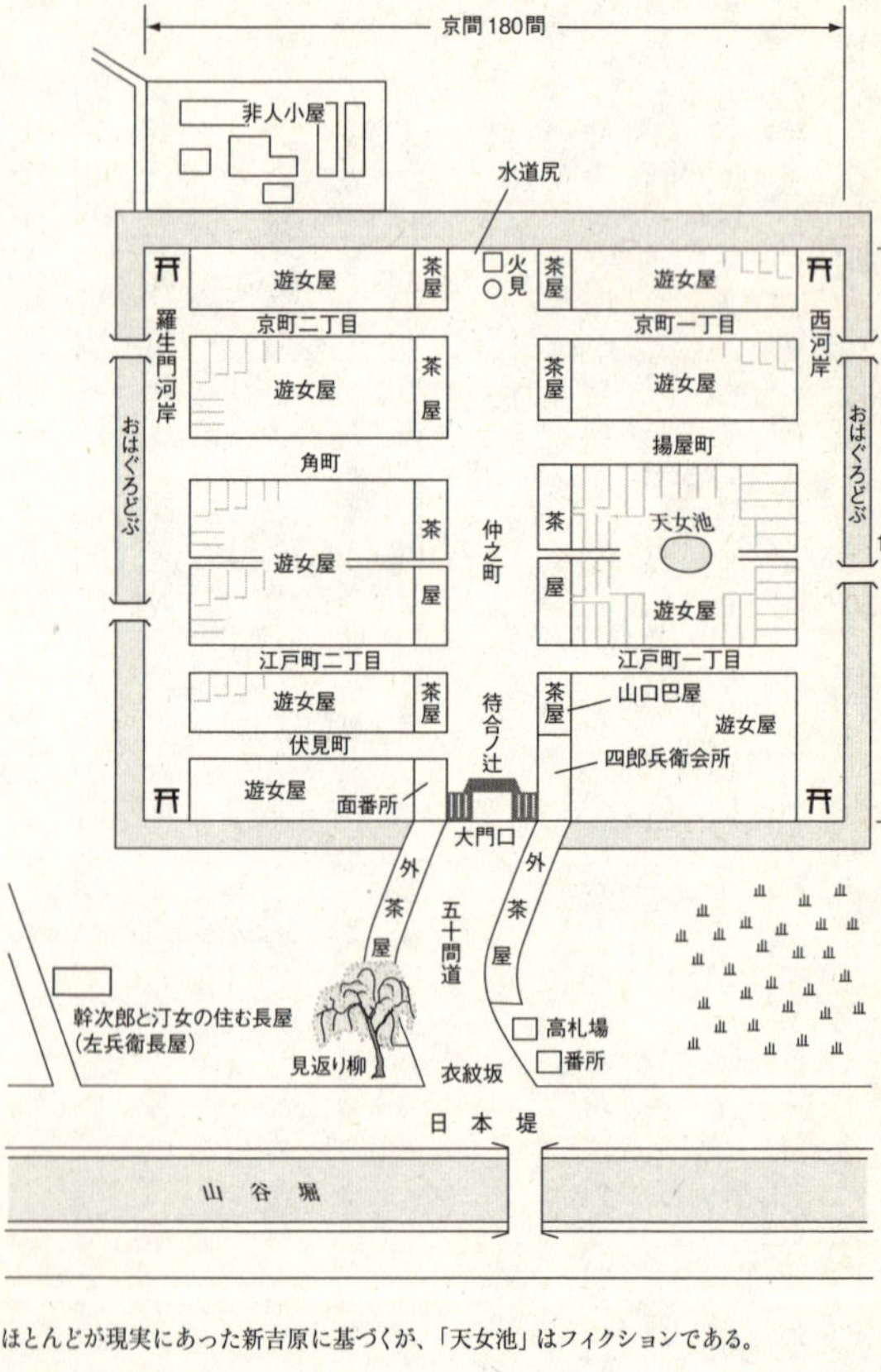

ほとんどが現実にあった新吉原に基づくが、「天女池」はフィクションである。

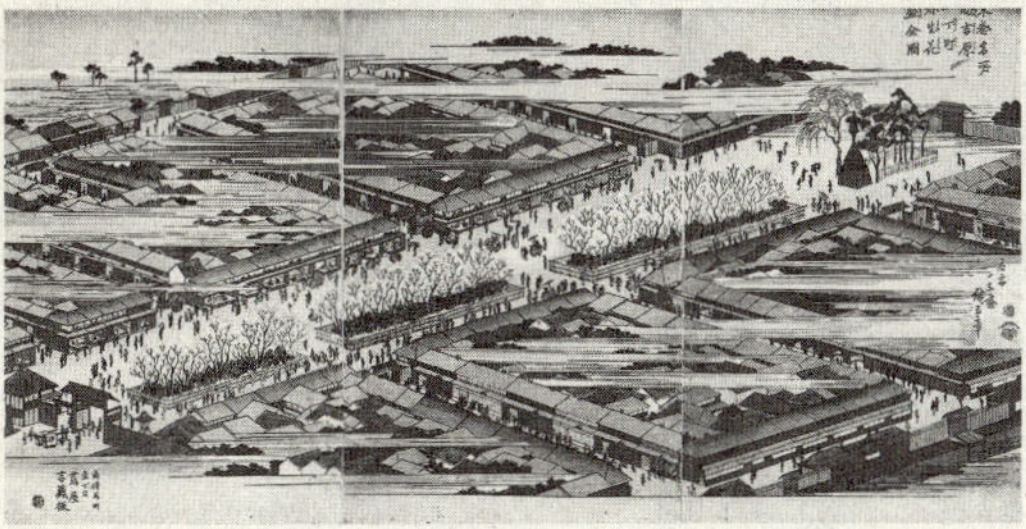

まるで空撮をしたかのような、新吉原を描いた図。左側手前に大門があり、そこからまっすぐに仲之町が延びる。もっとも右手の行き止まりが水道尻と呼ばれた。

歌川広重『東都名所　新吉原五丁町弥生花盛全図』
国立国会図書館

同衾《どうきん》までする場所で、元吉原から宝暦《ほうれき》（一七五一〜六四）のころまであった。

のちに揚屋は、もっと簡易な引手茶屋《ひきてぢゃや》にとって代わられることになる（第二章参照）。またこの区域には煙草屋や紙屋など、生活用品を売る店もあり、奥の長屋には職人や商人が住んでいた。湯屋もあり、遊び慣れた者は、妓楼の内湯より揚屋町の湯屋へ行ったようだ。湯屋では廓《くるわ》で働く者たちも入浴した。

伏見町は京都出身者が多かったことによるのだろう。また、角町と江戸町二丁目の堺（境）には堺町があったが、明和五年（一七六八）の火災のあと、なくなった。

メインストリート、仲之町

大門を入ってまっすぐに延びている仲之町が、この町のメインストリート。町と呼ぶより通りというにふさわしい場所だ。両脇に茶屋が並び、花魁《おいらん》道中などもここで行われた。

遊女屋のある道には「用水桶」と「たそや行灯《あんどん》」が置かれてあるが、仲之町も例外ではない。用水桶はもちろん火災に備えてのもので、たそや行灯は防犯のた

大門から仲之町を眺めた図。道の両側にぎっしりと並んでいるのが引手茶屋。
歌川広重『東都名所　吉原祭礼ノ図』国立国会図書館

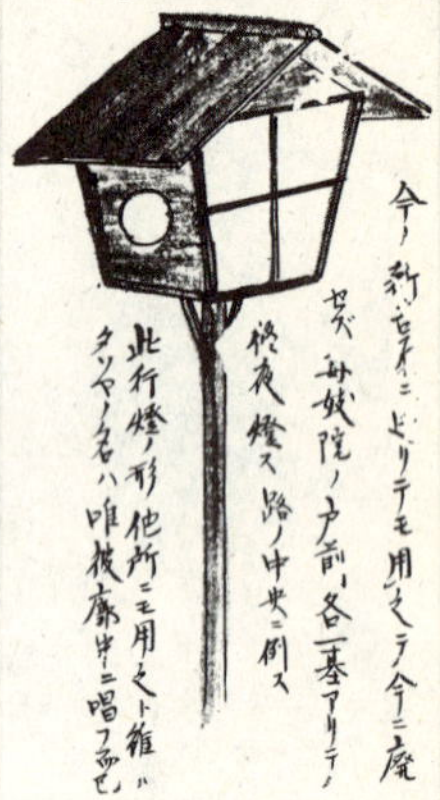

たそや行灯。

『守貞謾稿』国立国会図書館

用水桶。

め通りを照らすもの。かつて庄司甚右衛門が経営していた西田屋のたそやという遊女が揚屋からの帰りに殺されたため、以降行灯を灯すようになったという。

仲之町と江戸町一丁目と二丁目がクロスする四つ角は「待合の辻」と呼ばれ、初期にはここで遊女が毛氈《もうせん》を敷いて客待ちをしていたようだ。だが、しだいにこの風習はなくなった。

仲之町のつきあたりは水道尻《すいどじり》と呼ばれ、秋葉権現を祀《まつ》る常灯明があった。火《ひ》の見櫓《みやぐら》もあったが、天保(一八三〇~四四)には取り払われている。

というわけで、吉原で「町」とつく主なところは江戸町一丁目、二丁目、京町一丁目、二丁目、角町、揚屋町、伏見町、仲之町の八つとなる。

河岸見世は遊女たちの落ちる場所

廓の東側には、おはぐろどぶに沿って羅生門河岸、西側には西河岸があった。それぞれ大門から見て左側と右側にあたる。ここは盛りをすぎた遊女たちが辿りつく場所だ。他に行き場のないここの遊女たちは、安い値段で客をとった。客の腕をつかんだら離さず、局(部屋)に引きずりこんだという。羅生門の名は、平安時代、羅生門で、武将・渡辺綱《わたなべのつな》がその腕を切り落とすまで、鬼が彼のことをつかんではなさなかったという言い伝えに基づく。

池と稲荷に込められた思い

商売人は信心深い。吉原の楼主《ろうしゅ》たちは廓の南西にあった弁天池の弁天祠にいつしか参拝するようになったという。ここの池は大正十二年(一九二三)の関東大震災の際には大勢の遊女が飛び込んだことでも知られている。犠牲者となった彼女たちを供養するために、大正十五年（一九二六）に観音像が建てられている。

吉原の四隅には、さらに開運（松田）稲荷、榎本稲荷、九郎助稲荷、明石稲荷があり、商売繁盛と廓内の安全を守る鎮主として祀られていた。特に九郎助稲荷は縁結びの神として多くの遊女たちの信仰を集めていた。

【コラム】

蜘蛛道

新吉原には、表通り以外にも裏道があったが、『吉原裏同心』の小説世界では、その無数の道は「蜘蛛道《くもみち》」と名づけられている。蜘蛛の巣のようにはりめぐらされた複雑な道で、吉原の住人が使う暮らしの道だ。

幹次郎は会所の者と通り抜けたり、怪しい者を追ったりと利用している。会所の若い衆《し》は目をつぶって蜘蛛道を走り、ようやく一人前と認められる（6巻第1章第2節）。

5巻では、幹次郎はようやくこの道を覚えたところだが、6巻になると、すでに頭に刻みこむまでになっている。さすが上達が早い。

路地の入口では、冷やかしの客が入り込まないように遣《や》り手《て》婆《ばば》様が腰かけに腰をおろして見張っているが、この婆様、不思議な存在感を放っている。

三――廓へ向かうルート

四つのルート

移転した後の新吉原は、江戸の中心からは離れた場所にあった。その吉原へ行くには、主に次の四通りの方法がとられた。

一、徒歩や駕籠《かご》で行く場合。浅草寺裏の田地を抜けて田町二丁目から日本堤に入る。
二、同じく徒歩や駕籠の場合。浅草寺東の馬道を通り、日本堤へ。
三、やはり徒歩、駕籠の場合。入谷、三ノ輪方面から日本堤に出る。
四、舟で行く場合。柳橋から大川(隅田川)を上って山谷堀まで行き、徒歩や駕籠で日本堤へ。

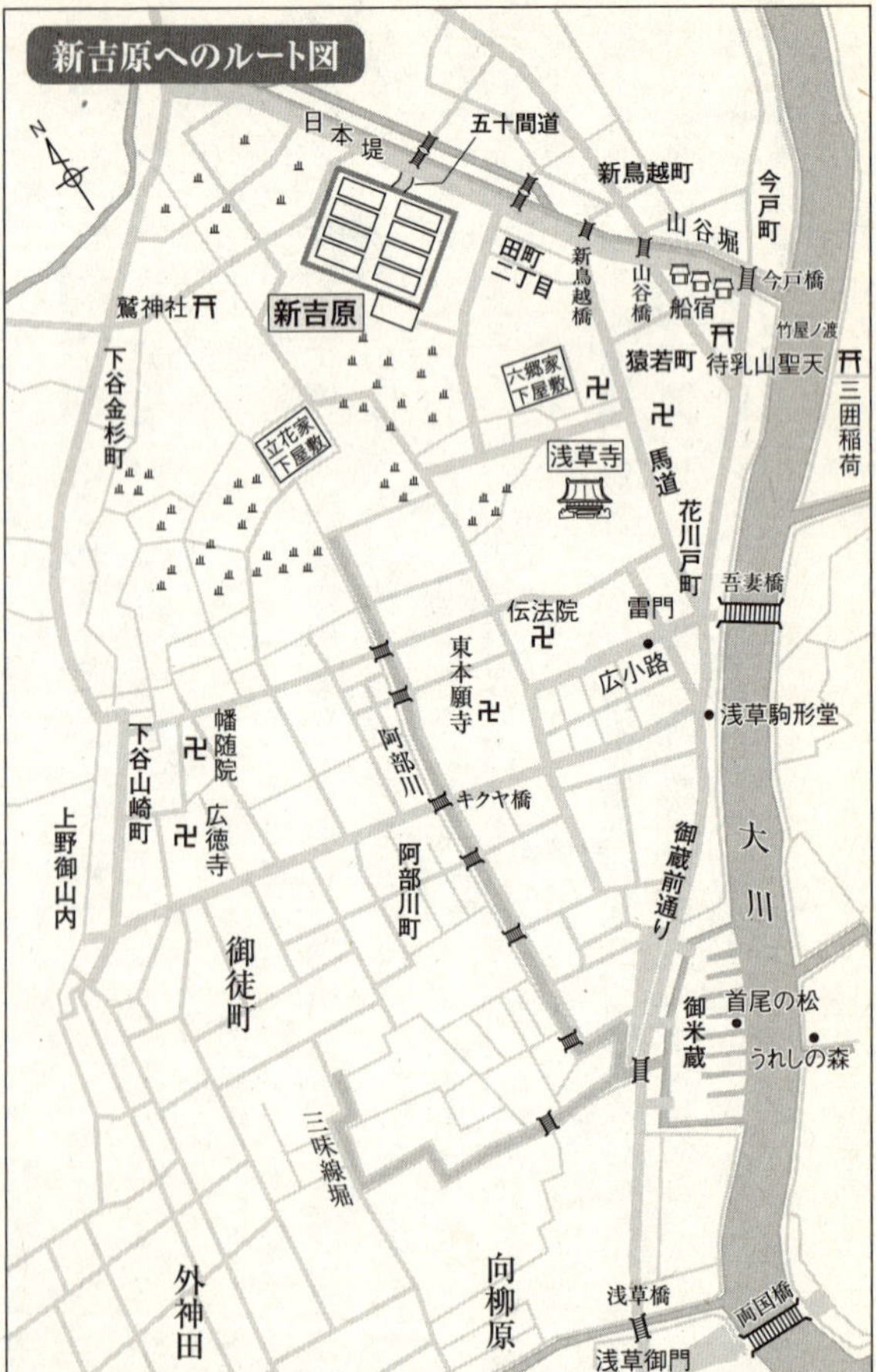
新吉原へのルート図
日本堤
五十間道
新鳥越町
今戸町
山谷堀
田町二丁目
新鳥越橋
山谷橋
船宿
今戸橋
竹屋ノ渡
鷲神社
新吉原
猿若町
待乳山聖天
三囲稲荷
六郷家下屋敷
下谷金杉町
立花家下屋敷
浅草寺
馬道
花川戸町
吾妻橋
伝法院
雷門
東本願寺
広小路
浅草駒形堂
幡随院
下谷山崎町
阿部川
キクヤ橋
上野御山内
広徳寺
阿部川町
御蔵前通り
大川
御徒町
御米蔵
首尾の松
うれしの森
三味線堀
外神田
向柳原
浅草橋
両国橋
浅草御門

廓に着く前にもいろいろなワクワクや楽しみがあったわけで、客になった気分で、それぞれのルートを進んでみよう。

「日本堤」は、聖天町《しょうでんちょう》から三ノ輪方面までを結ぶ土手のこと。大川の氾濫を防ぐためにつくられたもので、名前の由来は日本晴れのもと六十日ほどでつくられたためとか、日本中の大名が駆りたてられてつくられたからとか諸説ある。文字通り、周囲より高くなった土手道だ。平成の現代では残っていないが、当時はこの土手に水茶屋などがあり、飄客《ひょうかく》が立ち寄っていた。一本道で周りが見渡せ、景色がよかったことだろう。

また、「馬道」の由来は、飄客が馬で吉原に向かったからとされている。事実、元禄(一六八八〜一七〇四)まで客は馬でも通ったようだ。白馬で駆けつけるのがカッコよく、その分借り賃も高かったという。道の名の由来としては、浅草寺の馬場があたりにあって、よく馬が通ったからという説もある。

駕籠で行く場合

客は駕籠で吉原へ行く場合は、スピード重視の四つ手駕籠を使った。辻々で

日本堤。客は徒歩で、あるいは駕籠を使い、この土手道を通って新吉原に向かった。
歌川広重『名所江戸百景　よし原日本堤』
国立国会図書館

四つ手駕籠が客を乗せ吉原へ向かう様子。
葛飾北斎『百人一首　うばがえ説　藤原道信朝臣』千葉市美術館

《コラム》

江戸中期の貨幣の換算表

江戸期の貨幣価値を現在と比較するのは難しいが、中期についておおよそを記してみる。

1両＝8万円
1分＝2万円
1朱＝5000円
1文＝20円

文を別とすると、1両まで（1朱、1分）は四進法、1両を超えたら十進法と覚えておくとわかりやすいかもしれない。

江戸期は、総じて食料品は高く人件費や家賃は安い（ただし、棟割長屋などはかなり狭かった）。幹次郎と汀女が会所に雇われる年俸は25両。これは安いのか、高いのか？　文政年間（1818〜30）の大工の年収は、300日近く働いたとして26〜27両ほど。当時大工は高給取りだ。幹次郎たちの収入は、はなはだしく多くはないけれど、少なくもない。それに臨時ボーナスも出ていた。

客待ちしていたものは辻駕籠とも呼ばれる。山谷駕籠ともいわれたらしい。幕末に喜田川守貞《もりさだ》が書いた随筆『守貞謾稿《まんこう》』によると、日本橋あたりから吉原大門まで金二朱くらいかかったらしい。今でいうと一万円くらいだろうか。速度をあげるため三人、四人と交替してもらう場合は人数に応じて料金もあがる。三人だと金三朱（約一万五〇〇〇円）、四人だと一分（二万円）くらいとなる（ただし『守貞謾稿』は天保・嘉永［一八三〇〜五四］の価を記していることが多いので、あくま

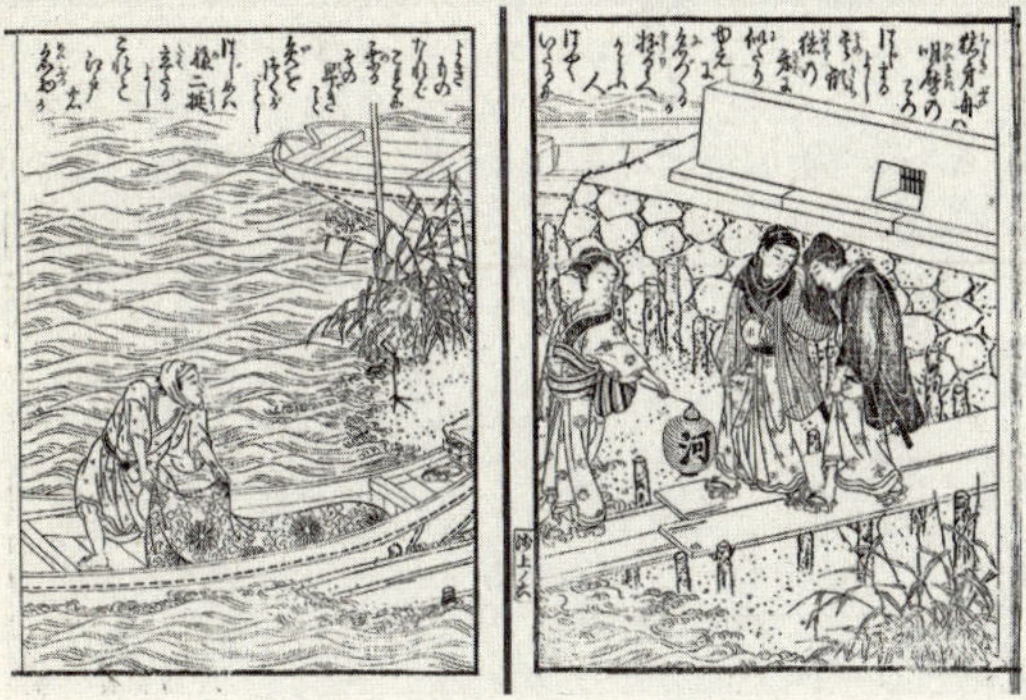

猪牙舟。客は基本一人乗りだが、二人で乗ることもあった。底をしぼってあり、速いことは速いが、安定が悪く、けっこうな揺れとなるようだ。揺れを気にせずうまく乗れるようになったら吉原通いも板についたということか。

『絵本浅紫』東北大学附属図書館

で参考として記させていただく）。

駕籠に乗る金がない客は、もちろん徒歩で向かった。

舟で行く場合

さて、最も粋《いき》とされたのが、大川（隅田川）を舟で向かう方法だった。今考えてみても、舟で遊里通いとは、ちょっと風流な感じがする。舟は「猪牙舟《ちょきぶね》」を使うことが多かった。これは時代小説によく出てくるなじみの舟だ。漢字から推測すると、形が猪の牙に似ているためと思われるが、考案者の長吉の名をつけたという説もある。船首が獣の牙のように上に反っている。

『守貞謾稿』によると、猪牙舟に乗った場合、柳橋から舟が着けられる山谷堀まで三〇町ほど（約三キロ）で、片道一四八文とある。

ゆったりと流れる大川を進み、左手に首尾の松、右手にうれしの森を見ながら過ぎると、やがて駒形堂が見えてくる（今の駒形橋の南のあたり）。さらに待乳山聖天を左手に過ぎ、今戸橋に着く。橋の向こうに延びるのが山谷堀だ。（今の言問橋を過ぎたあたりから）隅田川をはさんで対岸を見ると、三囲《みめぐり》稲荷社

画面中央の山上にあるのが待乳山聖天。
歌川広重『東都名所　真土山之図』国立国会図書館

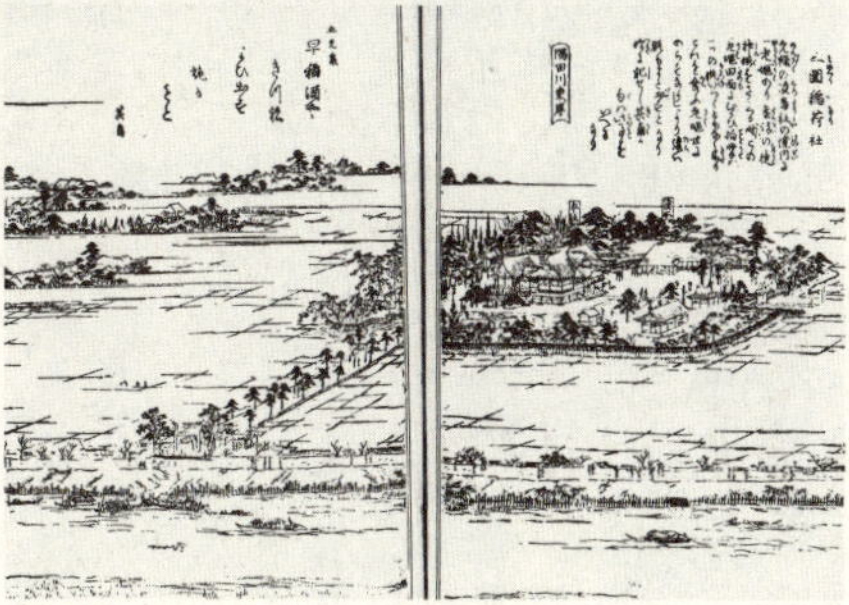

三囲稲荷社。
『江戸名所図会』
国立国会図書館

があり、舟からはその鳥居の笠木が見えた。この辺は向島で、向島側から吉原に向かうには竹屋の渡《わたし》を使った。

ちなみに猪牙舟以外には、屋根船というものもあった。真ん中部分に人が乗るが、天井に日よけがついていて四、五人乗れる。『守貞謾稿』によると、柳橋から山谷堀まで船頭がひとりついて三〇〇文、船頭ふたりだと四〇〇文。

船宿でちょっと一服

舟が山谷堀の船着き場に着いたら、そこから駕籠を使う場合も、徒歩で吉原に行く場合もあった。またこのあたりには船宿と呼ばれる施設があったので、ちょっと裕福な客は、そこで一休みということもあった。ここで客は衣装を替えたり、一息いれたり、遊女からの手紙を受けとったりしたのだ。

上得意としては僧侶が挙げられる。僧侶の吉原通いは本来女犯《にょぼん》になるので、医者の姿に変装して廓に入った。船宿でその衣装に着替えたのだ。

船宿は吉原通いの客だけでなく、花見などの船遊びの客にも利用されたし、逢引きに使われることもあった。

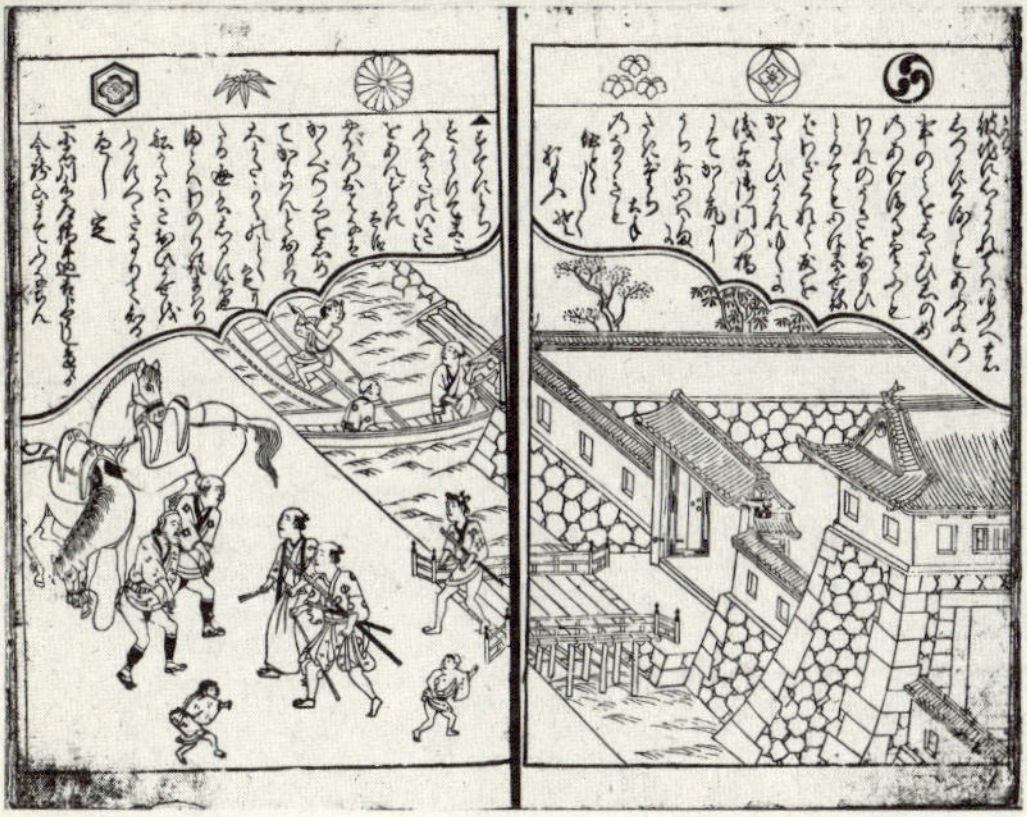

浅草御門の前で客を待つ馬子と船頭の姿が見える。頼めば、船宿で駕籠を呼んでもらうこともできた。
『吉原恋の道引』国立国会図書館

五十間道

はてさて、徒歩にしろ駕籠にしろ、日本堤まで来れば、もう一息。日本堤は土手なので、吉原へは、坂道を下りるかっこうになる。この坂を衣紋坂《えもんざか》という。名前の由来は、ここで客が着衣を直したからとか、京島原の衣紋橋を衣紋坂に変えたものとかいわれている。この衣紋坂から大門までを、五十間道《ごじっけんみち》という。五十間道の名は字の通り、長さが五〇間（約九〇メートル）ほどあったからだ。三曲がりに曲がっているが、それは衣紋坂から大門を覗けないようにするためだという説もある。

衣紋坂の下り口には、見返り柳といわれる柳がゆらりと立っていた。風情のある呼び名は、客が吉原の帰りになごりを惜しんで柳をふりかえったためといわれている。また、柳自体が、中国において遊里のシンボルとなる木で、「花柳界」の語源ともなっている木である。

この五十間道に沿って、編笠茶屋《あみがさぢゃや》と呼ばれる茶屋が並んでいた。飄客に編笠を貸したことからつけられた名だ。元吉原の時代から武士は編笠を借りて廓に

手前から奥に延びているのが日本堤。五十間道は、奥に右手から左手に延びているが、道が曲がっている様子、見返り柳が立っている様子が見て取れる。

渓斎英泉『江戸八景　吉原の夜雨』国立国会図書館

入ることが多かったようだ。当時は昼の営業しかしていなかったため、顔を出していると目立つのと、悪所通いが戒《いまし》められていたため、はばかられたのだろう。元吉原からの移転後もしばらくはそうした気風が続いていたようだ。

編笠の借り賃は一〇〇文（約二〇〇〇円）で、帰りに返却すると六四文（一二八〇円）返してくれるので、実際は三六文（七二〇円）だったという。編笠茶屋は田町にもあった。明和（一七六四〜七二）になると、編笠を借りる風習はなくなり、やがて名称だけが残ることとなったという。

編笠茶屋を横目に、五十間道を通るといよいよ大門である。ここからは別世界だ。槍、薙刀《なぎなた》、弓、鉄砲を持って入ることはできない。また、医者以外は駕籠での出入りを禁止された。

面番所で怪しい人をチェック

大門の左には面番所、つまり通行人のチェックを行う場所があり、隠密廻り同心が廓内外の治安維持にあたっていた。開門中（午前六時〜午前零時）は男客は基本的に出入りが自由だが、怪しい者に対しては、隠密廻り同心が岡っ引き

編笠茶屋。
『守貞謾稿』国立国会図書館

などを使って調べた。

かつて庄司甚右衛門は、官許の傾城町ができれば、そこにもぐりこもうとする犯罪者を捕縛できるというメリットを強調したが、実際犯罪者が遊廓に入り込むことを考え、幕府は町奉行所の隠密廻り同心を配し、取り締まりにあたらせた。同心は五十間道から土堤までも、怪しい者は捕えることができた。

そうした同心たちも、時代が下り太平の世が続くようになると、精神が弛緩《しかん》してきたことが『吉原裏同心』では描かれている。小説中では、同心が吉原の町費で三度のご馳走を食べ、山谷堀から八丁堀まで舟で送ってもらっている。祝日には金子《きんす》まで受ける。いたれりつくせりだが、実際の同心たちもそのような厚遇を受けていたようだ。

『吉原裏同心』の面番所はまるで頼りにならないが、小説では、同心たちを骨抜きにするのは、吉原の自治をやりやすくするためだとされている。

四郎兵衛会所では逃亡を監視

大門の右手、つまり面番所の向かい側には四郎兵衛会所がある。吉原の会所で、名前の由来は、三浦屋四郎左衛門《しろうざえもん》の雇人・四郎兵衛が初代の名主を務めたことによる。『吉原裏同心』は七代目四郎兵衛の時代である。

会所で主に行うのは足抜《あしぬき》、つまり逃亡を図る遊女のチェックだ。イベントがあって廓内がにぎやかなときは遊女にとっては逃亡のチャンス。会所が見逃し、男装などで逃亡する女はいたらしく、女が抜け出た先でその情報が寄せられると、遊女屋が引き取りに行っていた。おおごとにしたくないため、会所の見張りの怠けぶりについては公《おおやけ》にしなかったともいわれている。

会所はまた、自警団のような役目も果たしていた。『吉原裏同心』はそこを最大限に生かした小説といえる。

＊

さて、ここまでざっと吉原の成立の過程を追ってきた。時代によって異なるが、この新吉原、最盛期には数千人の遊女がおり、人口は一万人を超える規模の町となる。

次章からは、いよいよ大門の中に入り、遊女たちのきらめくワンダーランドの細部へ迷い込んでみることにしよう。

吉原キーワード集

吉原には、遊女や客の安全を守り、吉原の繁栄を支えるためのさまざまなシステムがあった。それらのシステム、組織の中には聞きなれない言葉があるかもしれないので、ここでいくつかのキーワードを説明しておこう。

【**妓楼**《ぎろう》】 遊女が所属している置屋・遊興所のこと。客は吉原で最終的に妓楼に上がり、宴《うたげ》を持ったり、部屋で遊女と一夜を共にしたりする。

【**見世**《みせ》】 妓楼のこと。ランクによって遊び賃が違った。

【**引手茶屋**】 吉原に訪れた客たちを妓楼へ斡旋《あっせん》する役割を果たした施設で、妓楼への送り迎えなど客の面倒も見た。仲之町にズラリと並んでいる建物が引手茶屋である。妓楼のランクによっては、引手茶屋を通さずに行くことも可能だったが、信用が違った。

【**遊女**】 吉原にある妓楼に所属し、妓楼を通して客をとる。新吉原の時代、最盛期には数千人もの遊女が客をとっていた。

【**花魁**】 時代によって変化するが、元吉原の時代、新吉原の時代初期には、遊女の中でも最高級の一部の遊女が「花魁」と呼ばれていた。「若《わか》い者《もの》」と呼ばれる店のスタッフや自分より下級の遊女たちを引き連れて通りを歩く、有名なパレード「花魁道中」ができるのは、この一握りの遊女だけ。やがて花魁はより広い意味での遊女たちの呼称となったが、これについては後述する。

【**芸者**】 遊女と混同されることが多いが、吉原における芸者はあくまで音楽の演奏や踊りなど、「芸」で座を盛り上げるのが仕事。客と一夜を共にすることは仕事ではない。

【**床入り**】 遊女と床を一緒にすること。吉原には独自の床入りまでのシステムがあり、一回目の訪問では床入りは叶わない。また、高級遊女との床入りには多額の費用が必要になる。

【**揚代《あげだい》**】 遊女と遊ぶために支払う代金のこと。

翡翠
哥麿筆
極

第二章◎遊びのお作法

喜多川歌麿『扇屋張見世』(部分) たばこと塩の博物館

いよいよ憧れの大門に

大門を通り、吉原の中へ。

ここは茶屋や妓楼が軒を連ね、浮世を忘れる華やかさだ。吉原の花形はなんといっても遊女だが、その遊女たちを束ねていたのが妓楼。そしてそのサポートをして利益を得ていたのが茶屋だ。

今も昔も商売人は、お客にお金を落としてもらうためにさまざまな工夫をし、差別化も図る。

吉原でもそれぞれの茶屋や妓楼が見世の格に見合った商売をしており、客は自分の懐《ふところ》具合に合った見世を選ぶことができた。また、見世を選ぶのと同じように遊ぶ相手の遊女を選んだが、遊女たちもいくつかのランクに分類されており、支払う金額も違っていた。

吉原で遊女と遊ぶためには独特のシステムがあったが、客はそれを知っておけば、あまり恥ずかしい思いをしないで済んだのだった。

一――一見さんは、まずはガイドを手に入れるべし

ガイドブックで下準備を

吉原にやってきたものの、いったいどこへ行ってどうすればいいの？

そういう人のためにあるのが『吉原細見《さいけん》』というガイドブック。細見とは文字通り、詳しく見るというもので、遊女の名や揚代（遊女を買うためのお金）、妓楼名や場所などがわかる。さまざまなものがあるが、安永《あんえい》期（一七七二〜八一）に蔦屋《つたや》重三郎《じゅうざぶろう》によって売り出されたものが有名。

蔦屋は元々は五十間道にあったが、洒落本《しゃれぼん》などのヒットにより、天明期（一七八一〜八九）に日本橋に進出を果たした。

初期には客は「揚屋」で遊んだ

『吉原裏同心』の時代からはちょっと前の話になるが、元吉原の時代や、新吉

本問屋の店先で男が『吉原細見』を手にしようとしている。『吉原細見』は、細見売りと呼ばれる男が繁華な場所で売り歩いた他、このような店先でも扱っていた。遊女の名、揚代、妓楼名などとともに、廓内の名物なども記してある。

『彩色美津朝』国立国会図書館

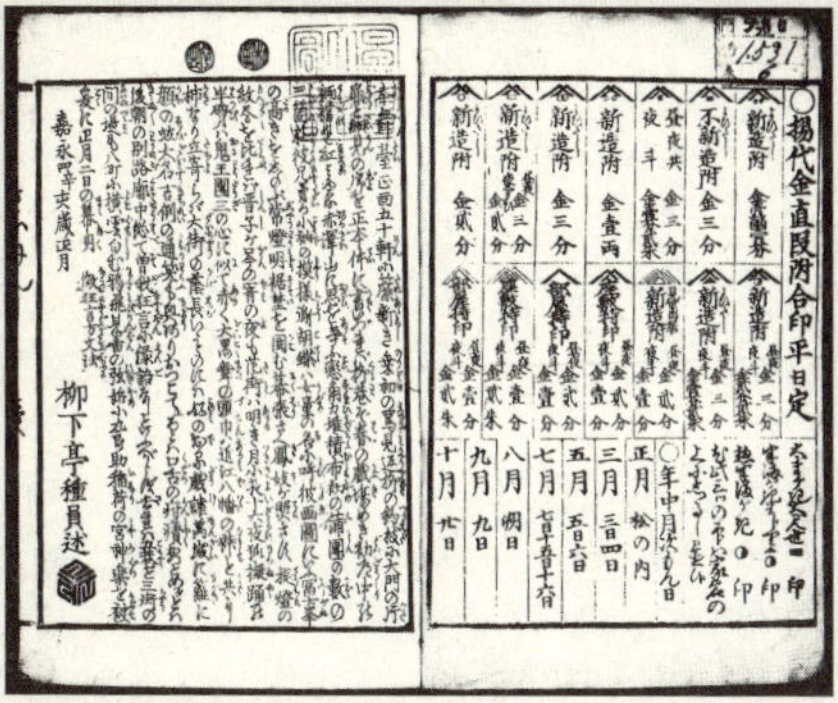

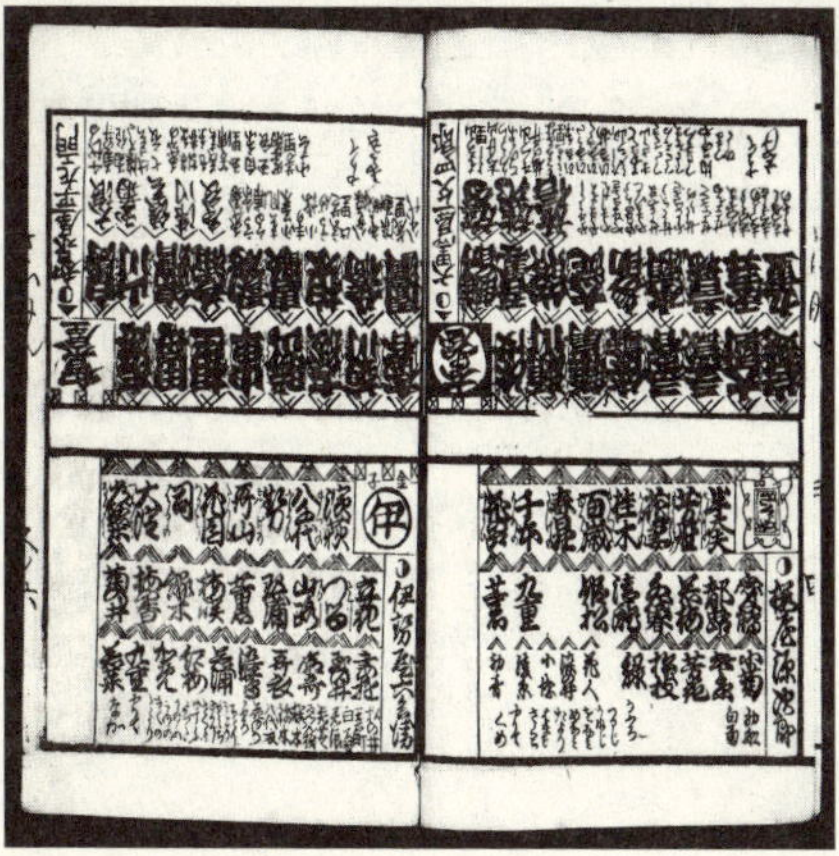

上）『吉原細見』の最初の頁。大見世は■、中見世は▲◑、小見世は◑となっており、揚代は山印で記してある。下）細見の中の一頁。見世ごとに遊女の名前と揚代が一目瞭然。
ともに嘉永四年（一八五一）の『吉原細見』。早稲田大学図書館

原の初期には「揚屋」というものがあり、客はここで飲食をし、妓楼から遊女を呼んで遊んだ。いわば貸座敷のようなものだ。元吉原では揚屋は散らばってあったが、新吉原へ移った際に一カ所に集められて「揚屋町」がつくられたことは第一章でも触れた。

遊女を呼ぶ際には、揚屋から妓楼へ「揚屋差紙《あげやさしがみ》」という証文を送り、客の身元の保証をするシステムであった。

最初から妓楼へ行けばよいのに、なぜこんな面倒なことをしたのか。それは元吉原から新吉原初期まで

太夫の数と揚屋の数（『新吉原史考』より）

年号	太夫の数（人）	揚屋の数
寛永20年	75	18
万治の頃		19
天和貞享の頃		20
享保2年		14
同7年		11
同13年	11	7
同18年	4	6
同21年	3	5
寛保4年	2	5
延享元年	2	5
寛延4年	2	1
宝暦2年	1	1

の客種と風習に理由がある。

当時の上客には大名や旗本などの上級武士が多かった。元吉原ができる以前には町売という風習があり、遊女たちは客のもとへ行くこともあった。そうした「遊女を我が元へ呼び寄せる」という風習の名残が揚屋の制度だと考えられている。吉原通いは「悪所通い」とされ、いささかはばかられていた(だからこそ編笠も流行《はや》った)こともあったろう。

この揚屋は、宝暦二年(一七五二)に一軒を残すのみとなり、やがて消滅した。費用がかかりすぎたためだ。

信用を得るには引手茶屋

揚屋に代わって台頭してきたのが引手茶屋である。妓楼のなかでも、大見世《おおみせ》と呼ばれる高級店では、引手茶屋を経なければ登楼できなかった。

引手茶屋は、妓楼への紹介所のような役割を持っていた。初めての客には、どんな相手がよいか好みを聞いて、ふさわしい相手を妓楼に告げ、なにかと世話をやいてくれた。また、直接顔を見て相手を選びたい客には、ガイドとして付き沿い、案内もしてくれた。武士はこの茶屋に刀を預け、刀は刀掛けに置かれた。かなりの金額が入った財布も預けていく。すでに何回か通っていて馴染みの遊女がいる場合は妓楼に予約を入れてくれる。中級レベルの見世では茶屋を通さなくても登楼できたが、なにしろ信用が違った。

引手茶屋のサポートはけっこう入念である。客が遊女と一晩過ごした翌朝には消炭《けしずみ》といわれる者が茶屋から妓楼に迎えにいった。モーニングコールの役目もしてくれたのだ。このスタッフ、寝ていてもすぐに起きる（熾《おこ》る＝おきる）ことから消炭といわれていた。なかなか落ちつく暇もなく、大変な仕事だ。

客は茶屋へ戻ると、朝食に粥や湯豆腐などを食す。遊女や禿《かむろ》という少女が相伴《しょうばん》することもあった。

その後、妓楼のかかりの分も含めて茶屋に支払いをすませる。

引手茶屋のなかでも格式が高いのが、四郎兵衛会所の横にある七軒。これを七軒茶屋という。『吉原裏同心』にも出てくる山口巴屋《やまぐちともえや》はその筆頭だ。

ちなみに、吉原には裏茶屋《うらぢゃや》というものもあった。いわゆる出合《であい》茶屋だ。揚屋町や京町、角町などの裏通りにあり、客をとってはならない女芸者と客がこっ

引手茶屋での宴会。贅沢なやり方として、まず上級遊女を引手茶屋に呼ぶ場合もある。その場合、遊女が来るまで芸者を呼んで酒などをやって時を過ごす。そこへお待ちかねの当人が現れるわけだが、禿という少女や振袖新造という妹分の若い遊女などを供として連れてくる。それからが本格的な酒宴の始まりで、太鼓持ちも座を盛り上げる。そうしてから妓楼に場所を移すのだ。

『北里十二時』国立国会図書館

そり会ったりした。また妓楼の関係者にも使われた。いずれにしろ人目を避ける忍び会いに利用された。ギヤマンの簾《すだれ》があったりとおしゃれなつくりとなっている。

二――妓楼の世界

張見世で客を誘う

吉原というと、イメージされるのは、やはり夜の光景だろう。仲之町を外八文字《そとはちもんじ》で歩く花魁の姿や、メインストリートの人混み、そして遊女たちが客を誘う張見世《はりみせ》だ。

張見世とは、各妓楼にある、格子のある部屋のこと。遊女が中に座っており、どんな女がいるのか外からわかるので、好みの女を客が選ぶことができる。茶屋を通した者は、茶屋に選んでもらうこともあるが、直接張見世から選ぶこと

張見世を覗く客。茶屋を通さず直《じか》に登楼したい客、つまりふりの客は、初めての場合は張見世を見て見世の者に好みの女を言えばよい。二度目以降は見世の者が覚えていて声をかけてくれる。籬の前には床几《しょうぎ》があり、呼び込みをする妓夫《ぎゅう》もいた。客は自ら率先して入るより、呼び込みに誘われたというかたちをとったほうが入りやすいようだ。

『吉原青楼年中行事』国立国会図書館

もあり、その際は茶屋の者が案内役を務めた。
妓楼は、見世の格によって以下の三種があった。

◆**大見世（大籬《おおまがき》、惣《そう》［総］籬）**……容色、知性ともに優れた遊女を揃え、客には豪商や上級武士が多い。松葉屋、扇屋、丁子屋《ちょうじや》などが有名。基本的に茶屋を通さなければ登楼できない。上級遊女を多く抱える。

◆**中《ちゅう》見世（半《はん》籬、交《まじ》り籬）**……大見世には劣るが、気取りのなさからかえってこちらの方がよいという客も多くいた。

◆**小《こ》見世（惣半籬）**……手ごろに遊べるため、多くの人が訪れた。茶屋など通さずに直接登楼する客がほとんど。妓楼としての対面は保たれているので、客もそれなりの気分を味わうことができる。

表通りからはどれも格子は建物の全面にあるが、入口に向かうところの格子は店の格によって三種に分かれていた。これを籬という。大見世は全面が格子になっていて、中見世は四分の一ほど開いている。小見世は上半分が開いてい

上）大見世は格子がより細かくできていたため、あからさまには見えにくくなっていた。
中）中見世は格子が四分の一ほど開いているので、少し中の様子がわかる。
下）小見世は上半分の格子が開いているので、顔が見えやすくなっている。曖昧さからくる憧れの要素は少なくなるが、もったいをつけない直截なつくり。

る。高級な見世ほど、遊女の姿はあからさまに見えない造りになっていたのだ。客はそれぞれ自分の財布と格に応じて見世を選んだ。ちなみに『吉原裏同心』三巻第四章三節では、妓楼の数は百五十余軒とされている。

張見世は昼と夜の「一日二回」

さて、張見世は一日二回。新吉原になって、禁止されていた夜の営業がOKになったため、遊女たちは一日に二回営業することになった。昼は二時、夜は六時から営業開始だ。当初は昼は十二時ころから行われていたようだが、昼に多かった武士の客が減ってきたことなどで、やがてスタートを遅くしたようだ。時間になると、内所（楼主のいる一角）にある縁起棚の鈴が、若い者といわれる男性スタッフによって鳴らされ、それを合図に遊女たちは二階から降りてきて張見世の部屋に入る。

張見世のメインは夜。夜見世ではバックミュージックが鳴らされる。それが清掻《すががき》。三味線をかきならすお囃子《はやし》で、大見世で専門の内芸者を抱えている場合はその者が、そんな余裕がない見世では当番の遊女が弾いた。なかには下手な

張見世。店の者が行灯に油を注ぎ、遊女は煙草を客に差し出している。張見世で小道具として使われるのが、この吸い付け煙草。遊女が吸ったものを格子の外の男に吸わせるもので、煙管《キセル》が長かった。美女から煙管を渡された男はちょっと得意だったろう。

『傾城買談客物語』国立国会図書館

者もいたようだ。

籬の中では格の高い遊女は正面に座るが、そこには毛氈が敷いてある。新造《しんぞう》と呼ばれる者たちは、障子や格子の近くに座る。高級遊女は格子の近くにはおらず、見る人から遠く位置することで、憧れを誘った。また、格子側には行灯があり、客に遊女の姿が見えるようになっていた。

張見世を見て「う〜ん、どうしようか」と悩んでいる男には妓夫《ぎゆう》が「これ以外にもいい子がいますよ」などと言葉巧みに誘い、誘導することもある。その結果は果たして？

一階はスタッフの仕事場

さて、妓楼の中の様子を覗いてみよう。まず見えてくるのは、一階の賑やかな風景だ。妓楼は基本二階建て。客が屋号のついた暖簾《のれん》をくぐると、まず土間になっていて、板の間の台所に続いている。土間には客の来ない午前中に魚屋や八百屋などの出入り業者がやってきて荷を下ろし、台所の注文も聞いた。

客はまず入口で下足を預けたのち、刀があれば、それを見世の者に預ける。

この刀は内所の刀掛けに掛けておく。引手茶屋を通した者は、もちろん刀はすでに持っていない。

遊興の場は二階なので階段を上がるが、仕出しなども運ぶため、かなり広くつくられている。この階段は通常のつくりとは逆に上がり口から階段の裏側が見えるようになっていて、これは楼主が客をよく見極めるためといわれている。確かにこのつくりだと内所から客の正面がよく見える。

一階にはまた、布団部屋、奉行人や部屋を持っていない遊女たちが雑魚寝《ざこね》する部屋などがあり、風呂や奉公人が使う厠《かわや》もあった。

二階は遊興の場

二階には遊女の部屋や宴会用の表座敷などがあり、客と遊女のやりとりに気を配る遣り手《やて》の部屋もあった。初めての客が通される引付《ひきつけ》座敷もある。ここで客は遊女と対面するわけだが、ひとりでなく複数で訪れる客もいる。

『吉原裏同心』六巻（第一章三節）には大見世の広さが記されている。「吉原の総籬は間口十三間、奥行き二十二間、敷地は二百八十六坪を許されていた。妓

妓楼の一階は、現実的な生活スペース!

↑いちばん右手の奥が玄関。張見世を覗いた後、ここから客は妓楼へ上がる。

↗玄関の手前が台所。廓で働く人間の食事は、ここで作られた。

↗玄関脇の階段は、内所からよく見えるように配置されている。

↑遊女たちが食事の用意をしている。自分の部屋がない階級が低い遊女たちは、一階で食事をした。

↑画面の奥、鳳凰《ほうおう》が描かれた襖《ふすま》が見えるのが、張見世の部屋。

↑楼主が座る内所。後ろには縁起棚がある。隣に陣取っているのは楼主の女房。

↑この奥にはさらに、厠や風呂などの生活スペースがある。

葛飾北斎『吉原妓楼の図』山口県立萩美術館・浦上記念館

二階は妓楼のワンダーランド！

↑仲之町にも並んでいた用水桶が二階にも。火災に備えていたのであろう。

↑若い者と呼ばれる係が、部屋までご案内。

↑台の物（＝客用の仕出し膳）を運ぶスタッフ。

↑奥の部屋には、客をもてなしている遊女が見える。重ねられた分厚い夜具（布団）は高級遊女の証《あかし》。

↑何やらもめ事!?　若い者に髪をつかまれ、暴れる遊女がいる。

五渡亭国貞『吉原遊廓娼家之図』国立国会図書館

楼は総二階造りである」。間口が二三〜二四メートル、奥行きは四〇メートルまで許されている。さらに二階だけで二〇〇坪以上の広さがあると書かれているから、かなり広いことになる。客が使う厠も当然二階にある。

三――床入りのシステム

一回目は、「見るだけ」で終わり!?

張見世で好みの女性を見つけ、やっと二階へ辿《たど》りつけたと思っても、個室に案内されて、お目当ての遊女とすぐ二人きりになれる……わけではない。吉原には独自の、ちょっと面倒くさい（?）床入りまでのシステムがあるのだ。

二階に案内されたら、まず引付座敷に通される。初めての客はここで遊女を待つ。この、初めて遊女と対面することを初会《しょかい》というが、これで相手が帯を解いてくれるわけではない。初会は初日の顔見せで、決まったやりとりを済ませると、それでおしまい。後日、また足を運ばなければならない。二度目に登楼することを「裏を返す」といい、ここで相手は一度目よりは親しくしてくれる。でも、またそのまま帰る。そして三度目で「馴染み」に昇格し、やっと床入りできる。つまり、三度の登楼の手間をかけなければ同衾《どうきん》できない決まりだ。『吉原裏同心』に床入りの様子をわかりやすく描写した箇所がある。ちょっと長いが引用してみよう。以下は張見世で選んだ場合だ。

初めての客は、

「お初会」

の男衆の声で二階の引付座敷に通された。そこでは客が座布団に腰を下ろす頃合い、若い衆が盃台、硯蓋《すずりぶた》を座敷の真ん中に据え、そこへ張見世で選んだ遊女が登場し、夫婦固めの引付の盃のやりとりを行う。

御免色里の男女の出会いはあくまで、

「夫婦」

としての儀式を模して行われるのだ。祝言の日の嫁のように遊女は婿

（客）に対して黙したままに、ただ儀式に参列した幇間、芸者が夫婦固めの場をもりたててお開きになった。この際、客は遊女に対して馴染になる意思を伝えるために散財して、顔合わせを終えた。

男が次に遊女を指名して登楼することを、

「裏を返す」

と称し、さらに三度目遊女の元に通う誠意を重ねて、ようやく、

「馴染」

となる。むろんここまでに至る過程で客は馴染金を楼に十分に支払わされる。

この馴染金には、

「二階花と惣花」

の二つがあり、二階花は遊女、禿、遣り手と、

「嫁」

の従者たる女衆に出す祝儀であり、惣花は妓楼の男衆全員、客が顔を合わせることもない奉公人に出さねばならない祝い金であった。

初会。引手茶屋の男に連れられてきた客が遊女を待っている。お目当ての女が現れた際は、正面ではなく斜め四十五度くらいに座る。そのほうが色っぽく見えるからだ。現代のように斜めにそろえた脚が見えなくてもやはり四十五度は色っぽいらしい。客は下座、女は上座に座り、盃のやりとりも女は飲む真似をするだけ。実際には飲まない。二度目は遊女の対応は少しやわらかくなるが、まだ同衾はできない。それでも祝儀などを決められた通り振る舞えば、妓楼によっては裏馴染みとして三度目と同様な扱いを受けることができた。

『吉原青楼年中行事』国立国会図書館

この三会目の儀式を終えて遊女は客に打ち解ける仕草を見せる。

その象徴が客専用の蝶足膳《ちょうあしぜん》と象牙の箸を楼側が用意する仕来たりだ。夫婦になった証に宴をなして、客は遊女と床入りに向かい、遊女は帯を解く。

（十五巻第五章二節）

敵娼《あいかた》（＝相手の遊女）が気にいらないときは？

前の『吉原裏同心』の記述に見たように、吉原では、客と遊女は夫婦同様の契りを結ぶとされた。つまり、相手の遊女を一度決めると、代えることはできなかった。客と遊女は疑似夫婦となるのが吉原の流儀。次々に何人もの女性と遊ぶようなことは御法度《ごはっと》だ。

気になるのが、好みを告げて相手を連れてきてもらう場合だ。気にいらなければ代えてもらえるのだろうか。

基本的には可能ではある。好みを告げて連れてきてもらう際は、遣り手に一任して選定してもらう。一般客の場合、交渉ごとは主にこの遣り手という見世の女がとりしきるので、この女に頼めばいい。でも、「この人もダメ」とか

「いまひとつピンとこない」などと何人も取り換えるのは失礼にあたり、実際にはあまり選《え》り好みできなかったようだ。遣り手も客を見て、おとなしそうな場合は、あまり売れない遊女を連れてくることもあったようである。馴染みの相手を別の遊女に代えたい場合などは金を払って了解を得た。

なお、この遣り手は、「遣り手婆《ばばあ》」の語源で、たいていは遊女あがりで酸《す》いも甘いもかみわけている。客の性格や懐具合を見抜き、酒や料理はどうするか、などを決めていく。チップを多めに渡し、遣り手を味方につけてしまえば、妓楼でのものごとはスムーズに進む。

四――遊女のランクと呼び名

花魁と太夫はどう違う?

吉原で働く女性たちは「花魁」「太夫《たゆう》」などと呼ばれる。この「花魁」や

「太夫」は、遊女の「格の違い」を表す呼び名である。格の違いは料金＝揚代の差に反映されているわけだ。

幕末のドラマなどでは花魁というと、高下駄で道中をする華やかな遊女が登場するので、花魁＝高級遊女と連想する人も多いだろう。

わかりにくいのは、遊女の呼び名が時代によって変わるところだ。最高レベルの太夫の呼び名は宝暦ごろになくなり、代わってトップクラスは花魁と呼ばれるようになる。さらに幕末にはかなり下のランクまで花魁と呼ばれることになる。だから花魁と聞いて高級遊女をイメージするのも正しいし、遊女一般をイメージするのも間違ってはいない。

花魁とは吉原独特の言い方で、遊女の妹分にあたる禿が「おいらの姉さん」と呼んだことからきているという。

以下、遊女の呼び名がどのように変わっていったのか見てみよう。

元吉原の時代——ランクは三段階

元吉原時代の遊女のランクは、上から順に三種しかなかった。

◆**太夫**……美貌、教養、知性ともに最高ランク。この言葉は『吉原大全』によると、申楽《さるがく》の太夫に比してつけられたという。いずれにしろ芸能や教養にすぐれていたための名称のようだ。

◆**格子**……文字通り格子の中の張見世にいて客の指名を受けた。

◆**端**《はし》……太夫や格子以下で、手軽に遊ぶことができた。

この時代は、太夫と格子を花魁と呼んだ。

『江戸編年事典』(稲垣史生編)によると、寛永二十年(一六四三)に出版された『色音論《しきおんろん》』には、太夫七十五人、格子女郎三十一人、端女郎は八百八十一人いたと記されているという。太夫と格子はかなり少なかったようだ。

元吉原末期——下のランクがさらに分化

元吉原の末期には、「端」がさらに「局《つぼね》」「端」「切見世」の三ランクに分かれる。違法営業の私娼がしばしば取り締まりを受けて吉原に投入されたことに

遊女の階層

元吉原時代
元和4年（1618）～

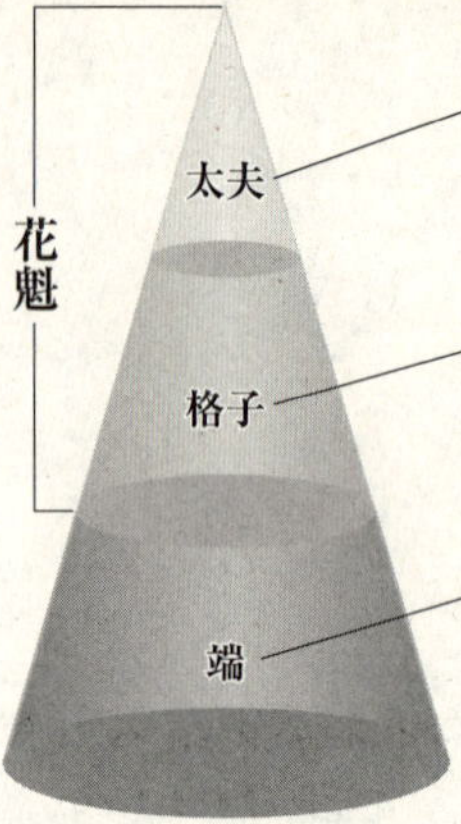

太夫：見世には出ないで自分の部屋で揚屋からの呼び出しを待った。

格子：大見世と中見世では料金が違い、当然大見世のほうが高い。

端：小見世以下にいた。格子のない見世もあった。

元吉原末期
明暦3年（1657）
新吉原へ移転

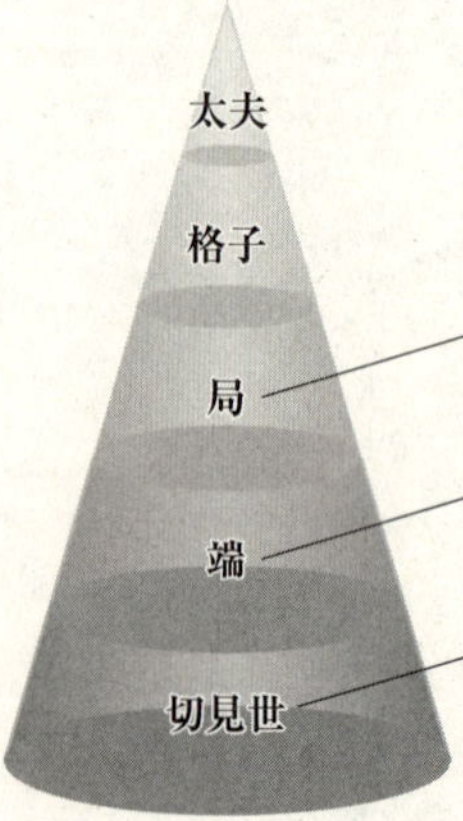

局：部屋は小さく仕切られた小部屋。格子より気安く遊べる。

端：大部屋を衝立などで仕切って仕事をした。

切見世：一切単位で客をとる。一切は線香一本が燃える時間ともいわれている。

新吉原初期～中期

吉原全盛期

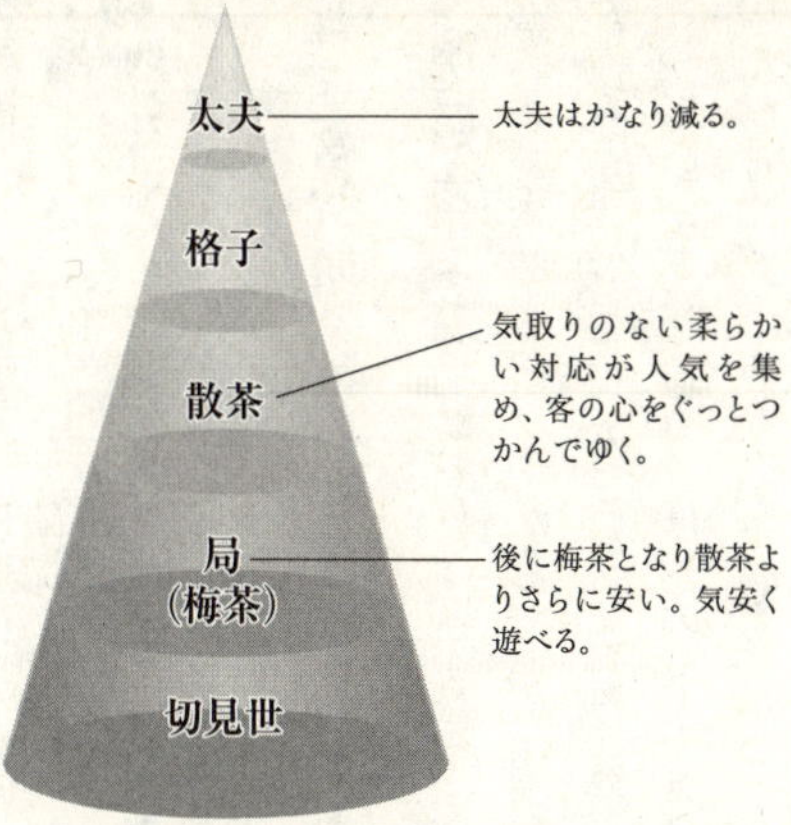
太夫
太夫はかなり減る。
格子
散茶
気取りのない柔らかい対応が人気を集め、客の心をぐっとつかんでゆく。
局
（梅茶）
後に梅茶となり散茶よりさらに安い。気安く遊べる。
切見世

新吉原中期以降

宝暦年間に太夫、格子が消滅

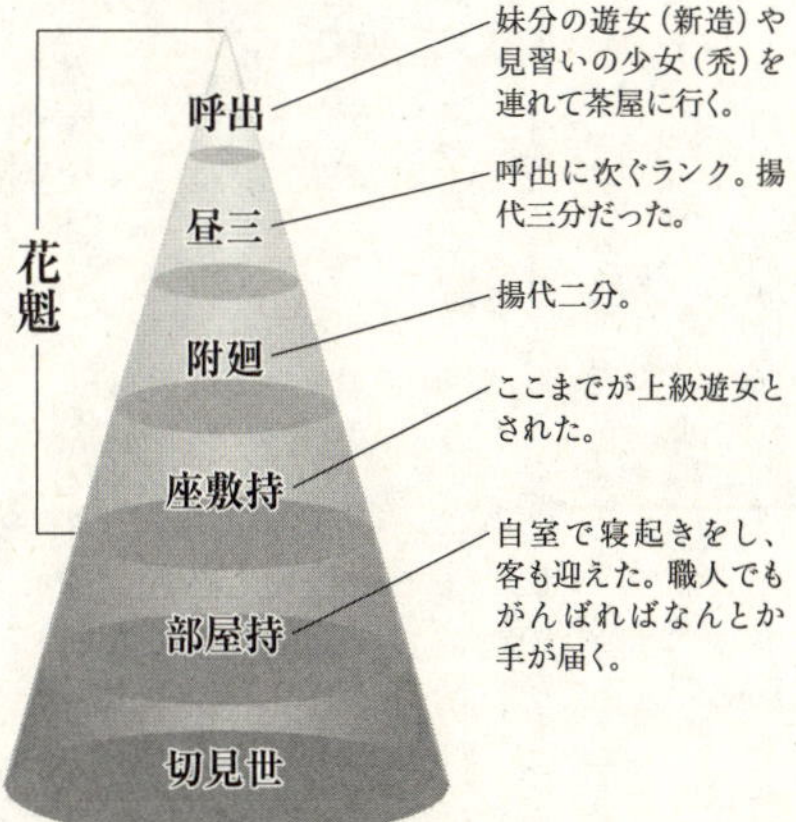
花魁
呼出
妹分の遊女（新造）や見習いの少女（禿）を連れて茶屋に行く。
昼三
呼出に次ぐランク。揚代三分だった。
附廻
揚代二分。
座敷持
ここまでが上級遊女とされた。
部屋持
自室で寝起きをし、客も迎えた。職人でもがんばればなんとか手が届く。
切見世

より、下のランクの遊女が増えてきたからだ。

◆**局**……部屋（局）を持つ遊女、の意。『異本洞房語園《どうぼうごえん》』（庄司勝富）には局のサイズとして以下のように載っている。広さは九尺に奥行き二間、あるいは二間半、また横六尺に奥行き二間。表通りは横六尺のうずら格子。

◆**端**……局女郎のようには部屋はない。大部屋を仕切って客の相手をした。

◆**切見世**……時間あたりの単位で仕事をする。「端」と「切見世」にあまり差はないが、年齢や容貌によって違いをつけられた。

新吉原初期〜中期——湯女が大量に投入

明暦三年（一六五七）に浅草寺裏に移転した吉原には、大きな転機が訪れた。それまで吉原をおびやかしていた風呂屋が営業を停止され、そこに置かれていた湯女《ゆな》が吉原に投入されたのだ。彼女たちは背中を流すだけではなく、客もとっていた。元吉原では夜の営業は禁止だったので、客は風呂屋に流れていたのだ。その繁栄ぶりを幕府も看過できず、しばしば制限令や禁止令を出していた。幕府が、この風呂屋二百軒あまりの取り潰しを新吉原に移転する条件として提示していたことは、第一章にも記した。

さらに寛文年間（一六六一～七三）になると、茶立女《ちやたておんな》として私娼を抱えていた茶屋七十軒あまりが吉原にやってきた。『異本洞房語園』によると、茶屋をやっていた者たちの多くはかつて風呂屋をやっていたとあり、まったく商魂たくましい。二百余軒の風呂屋と七十余軒の茶屋が抱えていた私娼たちが、どんどん吉原にやってきたのだから、影響は避けられない。これら新参者に与えられたのは局見世だが、新吉原では、局を広くとり、大格子を付けた。また暖簾の傍《そば》に牛台という腰かけを置き、牛《ぎゆう》というスタッフが客をひいた。より直截に客の興味をそそるようにしたのだ。

元私娼が投入されたことで、格子と局の間に散茶《さんちや》という位ができた。

◆**散茶**……当時のお茶の呼び名をもじった洒落。急須を振って出す茶葉のものと、振らないで出す安直な粉状のものがあり、振らないのを散茶といった。「客を振らない」＝「振らない」遊女というわけだ。『異本洞房語園』によると、これは吉原にいた遊女たちが戯言《ざれごと》に言ったことから広まったという。

新吉原元禄～享保期――さらに気安いランクができる

元禄期（一六八八～一七〇四）になると、散茶より一段劣ったものとして梅茶のランクができた。

◆**梅茶**……散茶をうすめた＝「うめ茶」＝「梅茶」とされたもの。この頃には、「局」の呼び名はなくなった。

享保《きようほう》十八年（一七三三）になると、太夫の数は四人にまで減っている。

新吉原中期以降――太夫、格子が消える

宝暦年間（一七五一～一七六四）にはさらに大きな変化が起こった。太夫の消滅である。さらにそれと前後して格子女郎も消えた。格式ばる遊びは厭《いと》われ、よりカジュアルなほうに嗜好が流れていったのだ。大名や旗本などが裕福な時代はよかったが、彼らは幕府からなにかと金減らしをさせられたし、悪所通いを禁じられたりしたため、しだいに吉原を訪れる頻度が減っていた。

高級遊女だった「呼出」。
五渡亭国貞『東都新吉原呼出』
国立国会図書館

代わって元禄あたりから台頭したのは豪商である。町人の客が主流になることで、いわば吉原の大衆化が起こったといえる。それとともに煩雑《はんざつ》で金がかかる揚屋も姿を消し、やがて引手茶屋が現れる次第。

太夫、格子なきあとに最高ランクとなるのが散茶だが、そこからさらに「呼《よび》出《だし》」「昼三《ちゅうさん》」「附廻《つけまわし》」に分かれた。梅茶は「座敷持《ざしきもち》」と「部屋持《へやもち》」に分かれた。

◆**呼出**……太夫なきあと、最も高級な遊女。その名の通り、茶屋から呼び出しを受けてから客を迎えに行く。小見世にはいない。

◆**昼三**……呼出に次ぐランク。揚代が三分（約六万円）であることからこう呼ばれた。

◆**附廻**……揚代が二分（四万円）のことから昼二とも呼ばれた。

◆**座敷持**……自室以外に客を迎える部屋を持っていた。

◆**部屋持**……自室で客を迎えた。

五――吉原の経済事情

遊びの代金、けっこう高かった?

では、遊女と「遊ぶ」料金＝揚代はいったいどのくらいだったのか。次頁の表のようになる。

ただし、見世では揚代だけ払えばよいというものではない。

時代は下るが『守貞謾稿』によると、呼出でも昼三でも馴染金はおおむね二両二分(約二〇万円)という。遊女はそのうちの二分(四万円)を茶屋に、茶屋下男に一分(二万円)、妓楼の下男に一分配分するので、手元に残るのはおおよそ半額。見世女郎は馴染金一両三分(一四万円)、それより下の二朱女郎は一両(八万円)と記されている。

芸者を呼び、台の物という仕出しも奮発して祝儀を配り、床花《とこばな》(チップ)も渡すと、床入りにはかなりの金がかかる。台の物といわれる仕出しは一分

（二万円）だが、ケチなところは見せられないと鷹揚に追加を頼むと倍くらいになってしまう。そこに酒代がプラスされる。揚代は呼出ともなれば一両一分（一〇万円）、昼三の夜のみでも一分二朱（三万円）。馴染金が二両二分（二〇万円）。さらに芸者を呼び、祝儀などを渡すと、一〇〇万円くらいかかってもおかしくない。

ただしこれらは大見世のような格式の高い見世の場合。小見世などは面倒な手続きは端折《はしょ》っていただろう。同衾は馴染みからという決まりも、江戸中期以降は一部の大見世以外は守れなくなってきたともいわれている。

揚代（『吉原細見』文政９年参考）

呼出（新造付き）	金１両１分（約10万円）
呼出（新造なし）	金３分（６万円）
昼三（昼・夜）	金３分（６万円）
昼三（夜のみ）	金１分２朱（３万円）
座敷持（昼・夜）	金２分（４万円）
座敷持（夜のみ）	金１分（２万円）
部屋持（昼・夜）	金１分（２万円）
部屋持（夜のみ）	金２朱（１万円）

もったいをつけた遊びでは客の嗜好に合わなくなってくるのだが、そうかといってあまりに安直だと他の遊里と変わらなくなってしまう。そこに吉原の悩みがある。

なお、客が遊女をひとりで一日買い切ることを仕舞《しまい》といい、昼だけ、もしくは夜だけ買い切ることを片仕舞といった。妓楼一軒を借り切ることは総仕舞という。

チップの呼び名は「床花」

客は馴染みになると、遊女に床花を与える。寝床の中で与えるため、そう呼ばれるのだという。

寛政期の『傾城買《けいせいかい》四十八手』(山東京伝)には、床花が三両(約二四万円)ということが載っているが、これはあくまで心付け、チップである。金額が決められていたわけではない。

また、馴染みになるとそれまで「客人」などと呼ばれていたのが、遊女が名前で呼んでくれるようになる。ぐっと親しくしてくれることになるのだ。その

酒宴の席で紙花を配る客。

栄松斎長喜『遊廓善玉悪玉』たばこと塩の博物館

代価が、床花ということになろうか。

紙花が舞うお座敷

客は祝儀金の代わりに小菊紙という紙を与えることもあった。大見世などは必ず茶屋を通し、そこにかなりの金額を預けているから、妓楼で威勢よく祝儀を配っているうちに足りなくなることもある。そのため金の代わりに小菊紙を

コラム

紙花を悪用した犯罪

『吉原裏同心』３巻第２章３節で、紙花を撒いたものの、茶屋に帰ってから申告せず、知らんふりをして金を払わない客がいることを四郎兵衛が幹次郎に話す。この巻では、小菊紙を金に換える風習を利用して、吉原を困らせようと図る輩が現れる。

吉原で一夜の夢を紡ぎたいという者たちを茶屋に送り込んでから登楼させ、さんざん紙花を撒かせたあげく、姿をくらませるよう指示するのだ。

茶屋は必ずしも妓楼への支払いを肩代わりする義務はないが、信用問題だから払わないままにはできない。なんとも頭が痛い問題だ。もっともからくりがバレたあかつきには、悪党に踊らされて紙花を撒いていた気の毒な（？）客たちは、代償を支払うことになり、真っ青になるのだが。吉原独特のシステムを利用した犯罪といえよう。

一部屋に何人もの客が割り振られた割床は窮屈だったろう。

配り、あとで金に換えてもらうのだ。花代、つまり金に換えるので紙花《かみばな》といわれた。この紙花は一枚一分（二万円）にあたり、布団の上や酒席で撒《ま》いた。

割床はほとんど相部屋状態

部屋持でも客が重なった場合は、大事な客は部屋に入れ、それ以外の客は大部屋を衝立《ついたて》などで仕切って仕事をすることもあり、これを割床《わりどこ》という。小見世の中には座敷や部屋もなく、大部屋を衝立などで仕切って仕事をするところもあった。いくら低料金とはいえ、相当窮屈であったろう。

廻しには手腕が必要

廻《まわ》しとは、同じ時間に複数の客をとること。

複数の客があれば当然相手を待たせることになる。こんなときに腕を発揮するのが「若い者」と呼ばれた妓楼の男衆。今、花魁は腹痛が起きてとか、少し頭痛がしてとか言い訳をして、いらいらする相手をなだめなければならず、そうとうなスキルが要求され、気の小さい者では務まらない。馬鹿正直な者でもダメ。遊女のほうも、ちょっとやってきて客をなだめてから、また行ってしまうこともあった。

このことだけ見ても、遊女の仕事はかなりハードだとわかる。

お目当ての遊女が来られない場合は妹分の新造が名代《みょうだい》として客の相手をすることがあるが、手は出せないのが決まり。ただ話をするだけで揚代を払うのだから割にあわない。

落語の「五人廻し」はこの廻しを扱った演目だ。喜瀬川《きせがわ》という遊女が四人の客を待たせてお大尽と過ごしている。たまらないのは待たされているほうで、若い者に食ってかかる。「相手が来ないのに揚代が払えるか」という客もいるが、現代の感覚だと「ごもっとも」。この廓噺《くるわばなし》は、吉原の廓事情をヴィヴィッドに伝えてくれている。

元吉原の時代は、予約していた客を断らせて自分を優先してもらう場合は、客は揚屋に修礼銀《しゅらいぎん》という祝儀を支払った。

切見世=局見世

金にさほど余裕がなく、直接的に欲望を果たしたい人は、妓楼よりも河岸見世に行くことが多い。羅生門河岸や西河岸には小見世のほかに棟

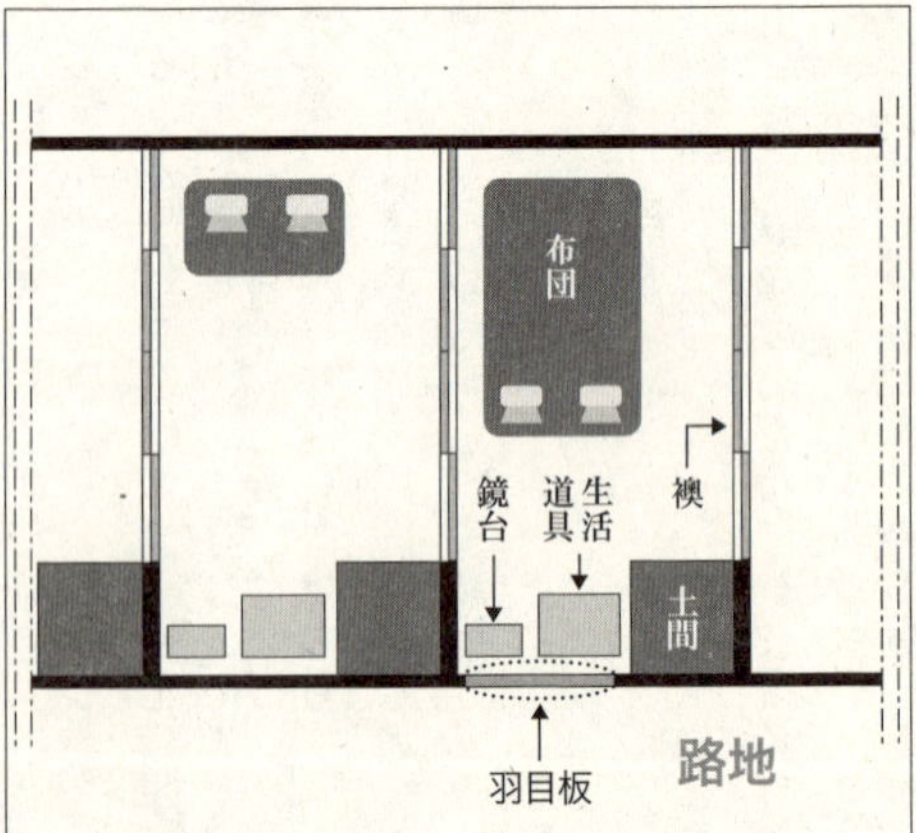

局見世の図

割長屋のような建物があり、そこで客をとる。最低ランクの遊女が働くのが、この切見世長屋である。

もともと、一切《ひときり》の時間ごとの計算で金を取ったので切見世というが、仕切った部屋（局）なので局見世ともいう。一人ひとりが見世を張っているようなものだ。長屋のような小部屋に一人ずついて客をひくのである。

違法営業で取り締まりを受け吉原に投入された者や、年季が明けても行く場所がない者が流れてきた。

性病を持っていることも多かったので、当たると危ないという意味で鉄砲見世とも呼ばれた。鉄砲とはふぐの謂《いい》である。

切見世は十分単位？

切見世は時間単位で客をとる。線香一本分（約十分と言われる）が一〇〇文（約二〇〇〇円）とされるが、通常十分では終わらないので、客はその何倍かを払うことになる。

『守貞謾稿』によると、定められた金額より多く払う客も多かったという。な

花魁道中。道中でお供に付くのは新造、禿、若い者、遣り手などだ。先頭に立つのは箱《はこ》提灯《ちょうちん》を持った若い者。その後に花魁が禿を連れて人々の注目を集める。さらに後には長柄傘を花魁に差して従っている若い者。振袖新造や、番頭新造と言われる年増の新造もいる。道中のすべてがこの並びというわけではなく、時代によっても変わるし、禿が花魁の先を歩いたりすることもある。

歌川広重『東都三十六景　吉原仲之町』国立国会図書館

こちらは、引手茶屋に客を迎えに行った花魁道中の帰りを描いたもの。客が前に立ち、妓楼へ向かっている。
『吉原青楼年中行事』国立国会図書館

ぜなら切見世は直接遊女に金を渡すからだ。妓楼の場合は揚代が直接遊女に渡るわけではない。そのため客は妓楼の遊女には無心の金や五節《ごせち》の小遣いなどを渡すという。

花魁道中は華やかなパレード

切見世の遊女たちとはまるで別世界で行われていたのが、花魁道中である。その様子は当時を再現した時代ドラマ等でご存知だろうが、花魁道中とは、上級遊女が妓楼から揚屋・引手茶屋まで、メインストリートの仲之町をしずしずと行進することを指す。

華やかな遊女が供を連れてゆっくり

歩いていく姿を連想する人がほとんどだろうが、もともとは太夫が揚屋に行くことを指していた。揚屋まで行くには江戸町から京町へ行ったり、逆に京町から江戸町へ行ったりするので、東海道中になぞらえて道中といったらしい。

初期は後世のように華やかなものではなかった。太夫が消滅してからは、呼出などの上級遊女が灯火《ともしび》が灯るころ供を連れて茶屋までゆっくりと歩き、きらびやかさで人目をひいた。年礼《ねんれい》や新造のお披露目などでも行われた。

なお、花魁道中をするくらいの高級遊女は、張見世をすることはない。

仲之町張りは顔見せ

花魁道中の後、茶屋の縁台に腰をおろし、顔見せをして客を待つことを「仲之町張り」という。

馴染み客の予約があれば当人を待ち、特に相手がいなければ、午後八時ごろには妓楼に戻った。顔見せの間に他の客が見立てることもあった。

六――妓楼を支えるスタッフ

遊女をひきたたせるために

吉原では遊女が商品であり、その稼ぎが人々の生活を支えている。だからこそ稼げる遊女が一番大切にされる。

それを支えるために、吉原では様々な人間が働いている。遊女たちが不安なく働けるように心のケアもしなければならないし、客が憧れを覚えるような演出や工夫もしなければならない。相手の気持ちを見抜く賢さが必要だし、とっさのトラブルに対処できる頭の回転の速さと度胸も必要だ。夢の下支えはけっこうハードなのである。妓楼を支える多彩なスタッフの顔ぶれを紹介しよう。

楼主――経営の要

楼主は文字通り妓楼の主。よい遊女を入れ、よい客がつくようにし、管理に目を光らせる。自分のところで抱えている遊女との恋愛は御法度。

楼主はしばしば忘八《ぼうはち》と呼ばれるが、この言葉は中国の古典『五雑俎《ござっそ》』にあるもので、仁、義、礼、智、忠、信、孝、悌《てい》という人としての徳を失った者のこと。人身売買のようなことをして女に色を売らせ、金銭に換えていたため侮蔑《ぶべつ》的にそう呼ばれた。

楼主。『北里十二時』国立国会図書館

見世で働く遊女は女衒《ぜげん》といわれる専門業者から入れたり、売り込みに来た者を入れた。楼主が女衒と連れだって、あるいは自分自身で探しに行くこともあった。

よい人材を見抜き、投資し、きちんと育てあげることで、妓楼が将来潤うことになる。

遣り手——憎まれ役？

遣り手は遊女たちの教育係にあたる。禿という少女時代から妓楼で育っている者は吉原独自のしきたりに慣れているため扱いやすいが、中途半端な年齢で来た者の中には、なかなかいうことをきかない者もいる。そうした場合、ときには折檻《せっかん》してでもいうことをきかせるのが役目。

客との交渉ごとにあたるのも遣り手。客を見極める鋭い目をもっている。

遣り手の部屋は階段を上ったすぐのところにあり、客も遊女もこの鋭い目を逃れることはできない。遣り手はこの部屋で寝起きしており、酒の注文も受ける。客の望みを見抜き、遊女にアドバイスもするし、裕福そうに装っていても、その実怪しい客はしっかりチェックした。主な収入は客からの祝儀で、引手茶屋からも返しがあった。

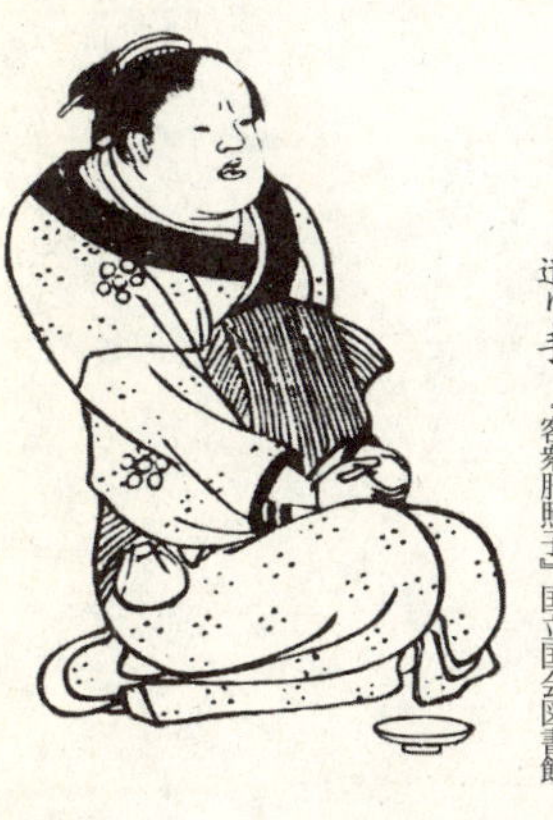

遣り手。『客衆肝照子』国立国会図書館

遣り手の多くは遊女あがりだったから、遊女たちの行動や考えは熟知していたし、客の要望も把握していた。今でも遣り手婆という言葉があり、あこぎで計算高いイメージがあるが、憎まれ役も必要だったのだろう。

若い者——頼りになる男性陣

妓楼で働く奉公人を指していった。若くなくても「若《わか》い者《もの》」である。若い衆《し》とも言われる。

◆**番頭**……帳場を預かるという重責を任せられている。当然楼主の信頼も厚く、だらしのない者には務まらない。

◆**妓夫**……「牛《ぎゅう》」とも呼ばれる。呼び込み屋。客引きを行う。金が足りない客には付いていって取り立てる役目も負

番頭。

右上）妓夫。『吉原青楼年中行事』
左上）見世番。『客衆肝照子』
下）喜助。『吉原遊廓娼家之図』　いずれも国立国会図書館

う。これを付馬《つきうま》という。

◆**見世番**……見世の入口の高い台に座り、見世の監督にあたる。また、花魁道中の際には箱提灯を持ったり、花魁に長柄傘を差したりもした。

◆**喜助**《きすけ》……廻し方ともいう。二階でさまざまな雑用をする男たちをいった。行灯の油差しから客と遊女のあいだのとりもち、トラブルの対処にもあたった。最高級の遊女以外は、一晩に複数の客をとる場合も多かったから、客が待たされることもあり、そうした客をなだめるのも重要な仕事。実直なだけではダメで、心の機微に長《た》けていないと務まらない。

◆**掛廻**《かけまわし》……代金の回収係。ツケの客の集金に行く。ツケがきくのは大身《たいしん》や金持ち。

◆**物書**……証文や客の名簿などを書く役目を負う。

◆**不寝番**《ねずのばん》……夜中の行灯に気を配る係。二階の各部屋をチェックして歩き、行灯に油を差したり、火の用心をした。また、遊女の逃亡や心中にも目配りした。

◆**風呂番**……風呂を焚《た》いたり、風呂の火の管理をした。客の背中を流して祝儀

上）どちらも不寝番。
歌川豊国『春遊十二時寅ノ刻、卯の刻』（部分）国立国会図書館
下）風呂番。
歌川芳幾『時世粧年中行事之内　一陽来復花姿湯』（部分）
山口県立萩美術館・浦上記念館

も得た。廻し方とともに台の物も配膳した。

◆**中郎《ちゅうろう》**……妓楼の掃除担当。廊下などは雑巾がけした。また雑用もこなした。

◆**飯炊き**……文字通り遊女や使用人たちの飯を炊く。

お針――名より実をとる内職系

お針は裁縫仕事担当。妓楼は男に現実を忘れさせる夢の場所だから、遊女に料理や裁縫をさせず、縫い子にさせていた。晴れ着を仕立てる場合は別途仕立て料をもらった。また、あまった端切れを売って稼ぐこともできた。浮き沈みの激しい遊女と違い、腕がよければ確実に稼げる。名より実をとる職業といえる。

『吉原裏同心』三巻の第一章では、お針が殺され幹次郎たちが真相を突きとめようとする。

お針。『絵本時世粧』国立国会図書館

上）中郎。
下）飯炊き。
ともに葛飾北斎『吉原妓楼の図』（部分）
山口県立萩美術館・浦上記念館

内芸者は音曲のプロ

内芸者とは住み込みの芸者のこと。吉原には妓楼に住み込みの芸者と、必要なときにやってくる芸者がいた。

口入屋

お針や若い者はその多くが口入屋《くちいれや》からの紹介だった。番頭ももともとは口入屋からの紹介で、彼らは浅草あたりの口入屋を通して雇われていたようだ。

見番──芸者を束ねた組織

お座敷を盛り上げるのに音楽は不可欠。そのために芸者は欠かせない。内芸者でない芸者たちは、それぞれ名主から札をもらって仕事をしていたが、安永期（一七七二〜八一）に彼女たちを束ねたいという者が現れた。それが角町の妓楼の主・大黒屋正六《しょうろく》で、彼の事務所が見番《けんばん》である。

見番の帳場の上には芸者の名題《なだい》が札に書かれてあり、仕事に行く際にはその

上）女芸者。
下）男芸者。ともに『絵本時世粧』国立国会図書館

札を裏返して必要事項を帳面に記載した。芸者はふたり一組で仕事をしていたが、それは客とねんごろにならないためもあった。

『吉原裏同心』の三巻では、吉原を手中に収めようとする大黒屋正六と会所の者たちとの攻防が描かれている。

芸者は地味に装うべし

『吉原裏同心』三巻では、芸者には遊女との区別を厳しくするために、身なりを地味にさせ、「必然的に女芸者は相貌醜《そうぼうしゅう》を選んで、遊女の美が際立つようにした」とある（第一章四節）。

『守貞謾稿』では浄瑠璃芸子（三味線に合わせて義太夫節を語る芸子）に対し、次のように言っている。「美人もいるけれども、醜くて常の芸子になりがたき者がもっぱら浄瑠璃芸子になる」と。

『幕末下級武士の記録』（山本政恒）では、「吉原芸者は顔は悪くても芸の好きを可とする。顔がいいと遊女の妨げとなるから」なんてことも書かれている。

とにかく遊女の引き立て役に徹しなければならないので、装いは地味だったし、身持ちの固さは有名だった。

ただこれほど目を光らせていても、客と芸者がひそかに通じることがあったらしい。一芸に励んでいる女性には遊女とはまた違った魅力があったのだろう。

男芸者は宴会の引き立て役

男芸者は宴席で座を盛り上げる役を果たす。有名なのは太鼓持ち（幇間《ほうかん》）。太鼓持ちもまた女芸者のように見番を通して派遣された。

妓楼への出入り業者

廓の外に出られない若い女たちは、じっとしていてはストレスがたまる。そんな彼女たちの気ばらしとなったのは、商品を持ってやってくる商人たち。商品もそうだが、外の流行や耳新しい情報なども楽しみだった。

◆**貸本屋**……本を背負って現れ、巷《ちまた》で流行っている本など外の情報を伝えて、遊女たちに喜ばれた。『吉原裏同心』の六巻（第二章四節）に、その様子が描写されている。

「遊女たちが二度寝から目覚めた刻限、縞模様の着物を着流しにして前帯に結び、背に草双紙や読本を頭より高く包み込んだ大風呂敷を負い、妓楼の大階段を上る貸本屋の姿が浮かんだ。（略）ともかく貸本屋は遊女の気持ちに取り入るために噺家か講釈師のようにおもしろ可笑しい話術がなければ出入りが許されなかった」。

貸本屋。

遊女たちのもとを訪れたのは朝のリラックスしていた時間のようだ。二巻（第四章四節）では仙右衛門《せんえもん》が「貸本屋というのは太鼓持ちのように客の機嫌をとって、遊女たちに貸本を貸して回る商売です」と言っている。

◆**小間物屋**……化粧品や櫛《くし》、簪《かんざし》などを入れた箱を背負い訪れた。遊女の商売道具なだけにセレクトしたこだわりの品を薦めたはずだ。女性にとっての必需品を売っていたが、洒落本を読むと櫛などレンタルもあったことがわ

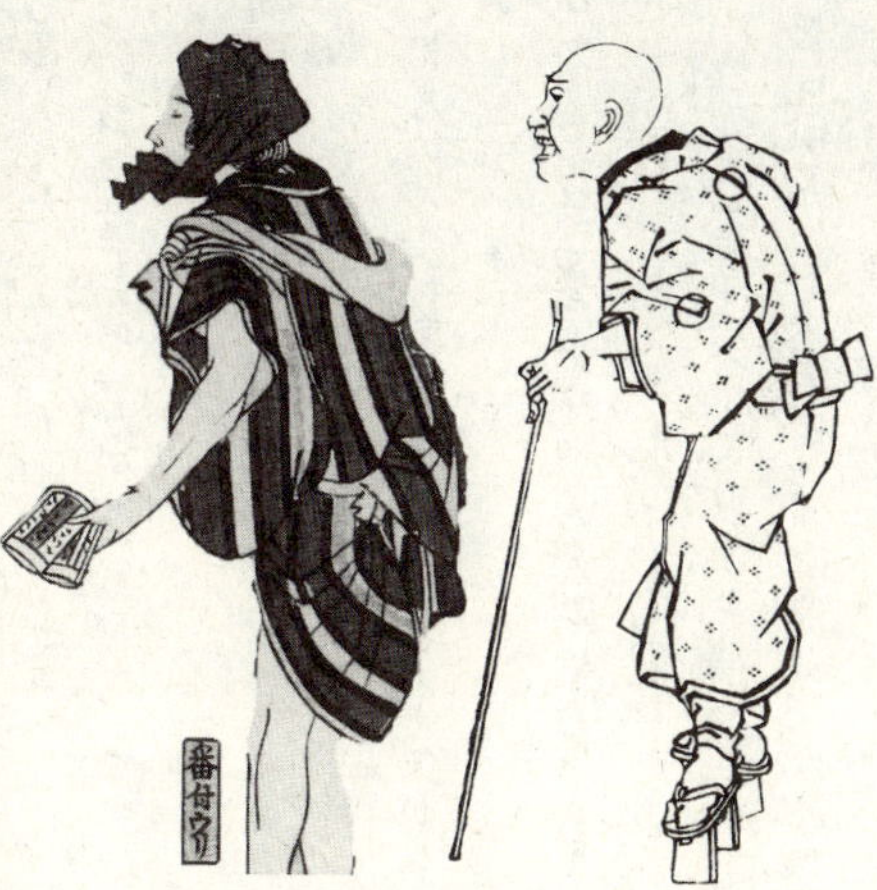

上）小間物屋が品物を見せている。『絵本時世粧』国立国会図書館
右下）按摩。『春色恵の花』早稲田大学図書館
左下）細見売り。『吉原青楼年中行事』国立国会図書館

かる。
◆**細見売り**……『吉原細見』を売り歩く。
◆**按摩《あんま》**……通りを歩きながら呼ばれるのを待った。遊女だけでなく客に按摩をすることもある。目の不自由な者も多かったようだ。
◆**易者**……手相や人相を見た。占いはいつの世も若い女に人気があるようだ。呼び止められて占いをすることも。
◆**呉服屋**……反物を持ってきた。反物を買うのは、現代女性が洋服を買うようなもので、最大の楽しみだったろう。ただすべて自己負担のため、いい気になっていると、借金がかさむことになる。客に費用をねだるケースもあったはず。
◆**髪結**……午前中に妓楼に行って遊女の髪を結った。江戸の髪結はもともと男だったが、明和〜安永(一七六四〜八一)あたりから女髪結が出現したようだ。髪結はリラックスした遊女が四方山話《よもやまばなし》をしやすい相手だから情報通にもなり、客の興味をひくおもしろい話を提供したりもした。ただし口が堅いことも、信用を得る条件。

上）格子の合間から遊女を占う易者。『絵本時世粧』国立国会図書館

下）男の髪結。『吉原十二時絵巻』国立国会図書館

◆**文使い**……朝と晩の二回妓楼に顔を出し、遊女の手紙を客に届けた。客は遊女からの文を山の神には知られたくない場合も多いので、気遣いが必要だった。馴染み客へは船宿か茶屋に届けたりもした。

そうした習慣を利用し、遊女が手紙で無心をしたようにみせかけ、一〇〇両、二〇〇両もの金子を騙《だま》しとる者が現れるのが『吉原裏同心』の四巻。

船宿までは一本一六文（約三二〇円）くらいだった。

こわもての協力者

現代でも金がからむとしばしば怖い人が登場することがある。吉原にもこわもての協力者がいた。始末屋や女衒などだ。

◆**始末屋**……始末屋はいわば不良債権を安く買って取り立てをする役。妓楼は、支払いが足りない客を行灯部屋に閉じ込めておき、始末屋を呼ぶ。そして損失額の何割かで引き渡すことにする。始末屋はその金額以上を取り立てなければならないため、あらゆる手を使って金を回収しようとする。

回収が不可の場合は、夏ならば衣類を身ぐるみ剝《は》がして手ぬぐい一本で大門を追い出し、それでも足りない場合は大名の中間部屋などに入れて奉公させたようだ。ひどい取り立てをしても、客の恨みは妓楼ではなく始末屋に向かうので、妓楼にとってはリスクの軽減となる。

◆**女衒**……遊女の斡旋業者。関八州のみならず、出羽、陸奥までも足を運んで将来有望な娘を探してくる。『吉原裏同心』では、今のところあまり目立った存在ではないが、それでもあくどい者から、適度な上乗せで妓楼に引き渡す者までさまざまいることがわかる。

女衒。『北里花雪白無垢』早稲田大学図書館

新吉原 佐野槌屋内
江戸町二丁目
敷妙
大入叶
信濃

第三章 ◎ 花の遊女たち

歌川豊国『新吉原江戸町二丁目佐野槌屋内・新吉原江戸町壱丁目大国屋内』（部分）国立国会図書館

「籠の中の鳥」の喜びと悲しみ

吉原の主役、遊女たち。その生活には、さまざまな制限があり、思うように生きられない苦悩や悲しみも多かった。

吉原の遊女の中には、幼くして妓楼にやってきて、しきたりや客あしらいを覚えていく者もいるし、二十歳前後でやってきて客をとり始める者もいる。

美しさと教養に加え、客の気持ちをつかむ努力も必要だった。遊女たちはランク分けされ、自分の商品価値がどのくらいかを納得しなければならなかった。

一本立ちしてから十年経《た》つと、年季明け（＝遊女をやめること）となる。その前に客に身請けされて吉原を出て行く幸運な者もいたが、多くは年季明けを待つのみ。ただし、年季が明けても、その先は楽観できるものではなかった。

それでも、遊女は一方的に虐げられた存在だったわけではない。最上級に位置付けされた遊女たちのファッションは、一般女性たちの憧れともなった。きつい労働の中にも、衣食住や年中行事などのひそやかな楽しみもあった。

遊女たちの一生、一日、一年を辿り、彼女たちに思いを寄せてみよう。

一——遊女の一生

遊女になるのは孝子

吉原で遊女になるのは、多くが地方から連れてこられた少女たちだ。女衒が斡旋し、手数料をのせて妓楼に渡す。人身売買は禁止されていたので、妓楼では証文を交わし、年季奉公の形をとった。つまり前借金だ。

文化（一八〇四～一八）ごろに書かれた『世事見聞録』（武陽隠士）には、少女たちは越中、越後、出羽あたりから「わづか三両か五両の金子に詰まりて」売られてくるようだ、とある。東北や北陸に限らず、吉原に連れてこられた少女たちは、家の窮乏を救うために自らを犠牲にした者が多い。

そうした孝子が遊女になっていることを、客も十分知っていた。『吉原裏同心』でもほとんどの客たちは女たちを軽蔑したり、馬鹿にしたりはしない。彼女たちを見くだすのは、世の中を面白くないと思っている零落した武士くらいだ。

なお、武士の娘には農家の子より高い値がつくことが多かった。

禿（六〜十四歳くらいまで）——見習いの少女たち

幼くして廓に連れてこられた少女たちは、「禿」として修業を積むことになる。禿とは、遊女になる前、六、七歳〜十四歳くらいまでの、見習いをする少女たちのことを言う。花魁たちに付いて雑用をこなしながら宴席にも出、廓のしきたりや客とのやりとりを覚えていく。

禿という名称は髪型からきたもので、切禿《きりかむろ》と呼ばれたおかっぱのようなものや、芥子《けし》禿という髪の一部を残したものがあり、幼い禿の場合には髪をすべて剃《そ》ってしまう坊主禿というのもあった。禿に与えられる名前は「小松」「さくら」など仮名にすると三文字のものが多かった。

姉女郎は妹分の禿のために衣装をあつらえ道中などで着飾らせた。禿が華麗に着飾れば着飾るほど自分の権勢を誇示することとなるからだ。そのかかりは当然客にねだることになる。

上から「切禿」「芥子禿」「坊主禿」。

禿と遊女。浮世絵では、禿は二人一組のペアになって姉女郎に連れ添っていることが多い。遊女たちと生活を共にするうちにさまざまなしきたりを覚えていく。

『〔新〕美人合自筆鏡』
国立国会図書館

楼主自らが芸事を習わせて英才教育をほどこす「引込禿《ひきこみ》」という者もいて、将来の呼出候補とされた。

『吉原裏同心』の六巻では遊女づきの禿が質屋に行っている。姉女郎の金の工面のため櫛や笄《こうがい》、簪を託されたのだ（第二章二節）。こうした人目をはばかることを言いつかることもあった。

新造（十四歳〜）

禿が十四、五歳くらいになると「新造」となる。新造とは新しい船を造ることになぞらえた言葉だ。以下のようなランクがあった。

◆**振袖新造**……禿あがりで、見目が良く、基本的にまだ客をとらない者。花魁道中では振袖を着て姉女郎の供をし、やがては呼出、昼三になって妓楼の名を高めることを期待されている有望株だ。ごくまれに引込新造という者がいたが、振袖新造よりさらに上位で、楼主が金をかけて芸事などの教育をしたエリート中のエリート。

◆**留袖新造**……たとえ禿あがりでも、見た目も気配りもさほどよくなかった者や、禿から育てられず、もっと上の年齢で吉原に来た者がなる。客をとることができるのが振袖新造との違いで、座敷持や部屋持になる。ただし十代で来た者でも、容貌・能力が優れた者は振袖新造になることもある。

◆**番頭新造**……年季を終えた遊女がなり、上級遊女の世話をして、客の見極めや、客の心をつかむノウハウをアドバイスしたりした。通常の遊女の場合は遣り手が仕切るのだが、上級遊女の場合は品位を求められるので、番頭新造がなにかと世話をすることになる。

なお、振袖新造と留袖新造を分けずに、一緒にして振袖新造ということもある。

新造は客が現実に返らないように気を使うのも大事な仕事だ。客がひとりになり、ふと家族のことなど思いだす場所が厠。そのため客を廊下で待ち、とっと部屋に連れて帰ったりした。客の気持ちをしんみりさせることや里心がつくことを極力排除するのも大事な仕事になる。

上）番頭新造。『吉原青楼年中行事』国立国会図書館
左）振袖新造。『北里花雪白無垢』早稲田大学図書館

突き出しを経て一本立ちに（十七、八歳）

「突き出し」とは遊女として客をとり、一本立ちをすることを指す。これには道中による突き出しと、張見世による突き出しがある。エリートの振袖新造や引込新造などは、将来を期待されるので道中をしてのお披露目となり、道中ができない新造は、突き出しとわかる衣装で張見世に出てお披露目となる。

『吉原裏同心』の一巻（第五章）では、三浦屋に十四歳で来た幾松《いくまつ》という少女が十六で客をとる話が描かれている。これが突き出しである。禿あがりではないものの、容色に優れ頭もいいことからの処遇である。

代価は禿あがりと同様の六〇〇両で、この時は楼の主と姉女郎が相談して、姉女郎の上客の一人に頼み込んでいる。六〇〇両というと現代では四八〇〇万円くらいになり、とても普通の人に払える金額ではない。やはり吉原はケタ違いだ。

客は日ごろ懇意にしている妓楼や遊女の頼みということで、男気から大役をひきうけた。

遊女が一本立ちする突き出しの祝いの日には、贔屓客が菓子の箱を贈り、それを積み上げて飾るしきたりがあった。竹村伊勢の菓子箱の前に揃う突き出しの遊女たち。

喜多川歌麿『積物前の遊女』千葉市美術館

突き出しの費用でもっとも値が張るのが夜具。布団と夜着が必要となる。

また、客が真新しい布団で同衾するのを敷き初めといい、『吉原青楼《せいろう》年中行事』（十返舎一九）によると、客が夜具を贈ってくれたら、まず茶屋に飾り、それから妓楼に運んだという。

三枚敷き重ねる三ツ布団は上級遊女でないと敷けなかったようだ。

『世事見聞録』（前出）では、当時、夜具・布団にも五〇両一〇〇両の入用がかかる、としている。

病気と妊娠

華々しく一本立ちしたからといって安心できるわけはなく、遊女たちの生活にはさまざまな困難が降りかかることがあった。特に病気や妊娠は、遊女たちの精神と肉体をむしばむ大きな悩み事だった。

病にかかると、稼ぎが期待される高級遊女なら医師が呼ばれ、治療にあたる。必要なら御寮といわれる別荘で保養できるが、客が少なかったり下級の遊女だったりすると、それも叶わぬこと。狭く暗い行灯部屋などに入れられ、ろ

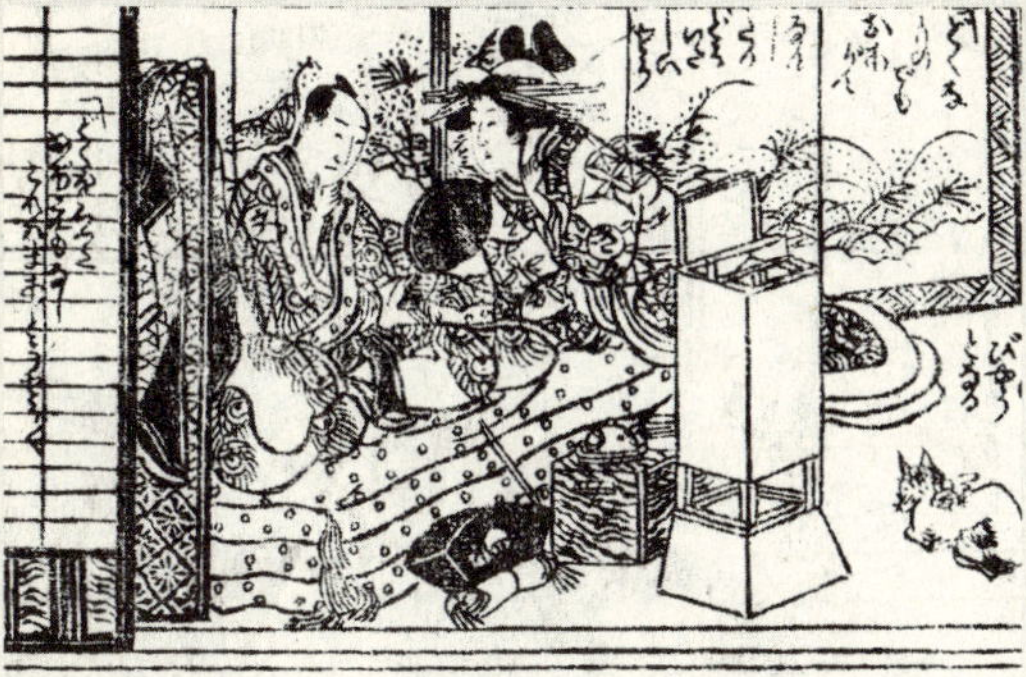

何枚も重ねた布団は高級遊女の証。
『昔唄花街始』国立国会図書館

くに治療も受けられなかったとされる。ただこれも楼主の性格によるところもあったろう。御寮は金杉村（根岸）や今戸、三ノ輪などにあった。

また、当時はきちんとした避妊法が確立しておらず、遊女が妊娠することもあった。堕胎は中条流という専門の医師が行うことが多いが、身体を傷つけることも多かったはずだ。それでも子を産むこともあり、生まれた子は里子に出されるか妓楼で育てられた。

そして吉原の病気でなんといっても怖いのは性病。なかでも梅毒は恐ろしい病だ。膿《うみ》が出てかさぶたとなり、リンパ腺が腫《は》れる。梅毒がタチが悪いのは、潜伏期間があり、途中で一度治ったかにみえることだ。この病にかかって床につくことを鳥屋《とや》につくと言ったが、これは鷹の毛が夏に抜け、その後新毛になるのをたとえたものだ。この期間が過ぎると一人前の遊女になったとみなされ、再び同じ病にかからないとされた。

ただし、当時は抗生物質がないので根本的な治療はできなかった。

根岸で療養する遊女。長煙管を持っている。根岸は閑静な土地で、新吉原の楼主たちもここに御寮＝別荘を持っている者が多かった。

『江戸名所百人美女　根岸』国立国会図書館

身請け

　幸運な者は年季を待たずして客に惚《ほ》れられ、吉原を出ていったが、こうした例は多くはない。遊女たちは名目上は前払いの年季奉公という形なので、身請けするには残りの分の金を払わなければならないし、たまった借金を払うことも必要だ。必要なのは身請け金だけではない。楼内の他の遊女や茶屋の人たちに祝儀を配らなければならないし、感謝を込めて祝宴も開かなければならない。除籍手続きも必要だ。

　『守貞謾稿』には元禄十三年（一七〇〇）の薄雲《うすぐも》太夫を身請けする際の身請証文の写しが載っているが、これは身請けする客と揚屋が連判して遊女屋へ出したものだ。『吉原と島原』（小野武雄）によると、これは吉原の茶屋・小田原屋又兵衛方にあったものらしい。

　「吾が妻にいたしたく身請金として金子三五〇両を支払います。遊女屋はもより道中茶屋、旅籠屋《はたごや》などには置きません。もしそのようなことをしたら、お上に訴えられていかようにされても文句は言いません。もし離別などしたら、

中国の故事「邯鄲《かんたん》の夢」になぞらえ、ウトウト眠っている間に、身分の高い武士に身請けされるシーンを夢に見ている遊女を描いている。夢から覚めたら……？

喜多川歌麿『見立邯鄲』千葉市美術館

金子一〇〇両に家屋鋪《いえやしき》を差し出します」などという言葉が書きつらねてある。守貞はこの証文から今と昔の違いを想像すべしとしている。昔の人の気質は朴だとみなしているのだ。また、身請けのことは元吉原よりあるけれども、今、誰がこういう証書を出すだろうか、今は必ず遊女屋の戸主から証文を出させて客から与えることなどない、とも書いている。

こうしたこと以外にも親が裕福になって買い戻すこともあり、この場合は金額が安く済んだようだ。そのため、客が親に金を渡して身請けさせ、自分が引き取る、というワザを使うこともあった。

年季明け（二十七、八歳）

遊女たちは十七、八くらいで一本立ちして（身請けの幸福に与《あずか》った一握りの者を除いて）十年勤め、二十七、八になると年季明けとなる。

そこでやっと吉原を出て行くことができるが、喜んでばかりもいられない。料理や針仕事など基本的なことはほとんどできない。それに子供を産みにくい体質と思われたし、なにしろけっこうな年増である。やはりハンディはある。

客の中から将来の伴侶を見つけ、約束し、年季明けに晴れて夫婦となれる女はさぞかし羨《うらや》まれたことだろう。廓内で働く男と夫婦になる者もいた。

年季が明けても行くところがなければ番頭新造や遣り手として妓楼に残ったり、別の見世で客をとったり、岡場所へ流れたりした。そうした女たちが辿りつく場所のひとつが羅生門河岸である。

足抜

年季が残っているにもかかわらず、逃げ出そうとするのが足抜《あしぬき》で、許されることではない。会所の大きな役目は大門で足抜する遊女がいないようにチェックすることだった。

『吉原裏同心』でもしばしば足抜が描かれているが、一巻では大菱屋の綾衣《あやぎぬ》が藤枝外記《ふじえだげき》に連れ出されたケースに触れている（第二章二節）。

遊女綾衣のもとに通っていた旗本の外記は、彼女が裕福な町人に身請けされると知り耐えきれず連れ出してしまう。これも一種の足抜だろう。その後追手が来たことで二人は相対死《あいたいじに》したが、外記の無理心中だったとも言われている。

死亡

身請けや年季明けを迎えて大門から出られた遊女たちはまだ幸せだが、病で死んでしまう者もかなりいた。粗食《そしょく》の上に過酷な労働だし、部屋持より下は大部屋で朋輩《ほうばい》と寝起きせざるをえない。

けっして広いとはいえない廓内にいるためろくに運動もできず、ストレスもたまっただろう。性病はもとより結核なども多かったと思われる。

妓楼がやっかい払いをしたくて親元に連絡をしても、駆けつける親は少なかっただろう。孝子の行方があわれである。

死んだ遊女たちは菰《こも》につつまれ、夜中のうちに寺に置かれた。

こうした「投込寺《なげこみでら》」の中でも有名なのが浄閑寺《じょうかんじ》。数多くの遊女たちが眠っているという。

二——一日の過ごし方、一年の過ごし方

一日の過ごし方

吉原は客たちが働いていない時間に働かねばならないわけで、独特の早さ、リズムで時間が流れる場所だった。他の江戸の住民たちのように、お天道様が昇ってから沈むまでの労働——とはいかない。一日二回の営業がある。

遊女たちの生活リズムを見てみよう。

◉午前六時〜十時

さて、夜も白々と明けてきた。泊まった客を見送るのは六時くらい。大店《おおだな》の関係者などはもう少し早かっただろう。

客が起きると、うがい茶碗で水を運び、洗顔やうがいをしてもらう。容器はあまり大きくはないから水を飛ばさずに顔を洗うのはけっこう大変で、これが

早朝、寝間着姿で帰る客を見送る遊女。別れを悲しんで見せるのも営業の一環？

渓斎英泉『浮世姿吉原大全　仲の町へ客を送る寝衣姿』国立国会図書館

サラリとできるようになれば、吉原通いも一人前。今の歯ブラシに当たる房楊《ふさよう》枝《じ》も用意し、客は使ったあとでピッと折っておくのが心得だったとか。うがいに使った水は半挿《はんぞう》という容器に入れられた。

後朝《きぬぎぬ》の別れは妓楼のくぐり戸前だったり大門前だったり。時間と金に余裕のある客は茶屋に戻り、粥や湯豆腐などを食したが、相伴に与る敵娼《あいかた》や禿もいた。客を送り出した後は就寝。客と同衾中はいぎたなく眠るわけにはいかないから、これから本格的にやすむことになる。

◉午前十時～十二時

このあたりが、起きる時間。起床後は朝食と入浴。そのころには八百屋や魚屋など出入りの業者が台所にやってきて、若い者が対応している。食事は上級遊女は部屋で食べたが、それ以下の者や禿は一緒に食べた。その後には化粧をしたりして昼見世の準備を始める。

入浴する遊女たち。内風呂を持たない妓楼の場合は、廓内の湯屋を利用していた。
歌川芳幾『時世粧年中行事之内　一陽来復花姿湯』
山口県立萩美術館・浦上記念館

◉午後二時〜四時

午後二時から四時は昼見世。浅草寺参詣ついでのお上りさんもやってくる。多くは素見《すけん》と言われたひやかしの客。華の吉原がどういうところか土産話にしたいためだ。非番の勤番侍《きんばんざむらい》がやってくるのもこの時間帯。門限の六時には帰らなければならないためである。昼見世は夜に比べるといささかだらりとした雰囲気。遊女によっては張見世の中で文を書いている者もいる。

◉午後四時〜六時

午後四時から六時までは自由時間。そうは言ってもだらだら過ごしてばかりはいられない。客に手紙を書いたりと営業に精を出す時間でもあり、同輩と情報交換もした。己の価値を高め、よい客をつかまえるために自分磨きもしなければならない。

『吉原裏同心』の汀女先生も昼見世と夜見世の間に手習いを教えている（一巻第三章一節）。食事もこの時間にとる。

床入りする遊女。くわえた紙は床で使用するための小道具、現代でいう「ティッシュ」。

渓斎英泉『浮世姿吉原大全　名代の座舗』

国立国会図書館

◉午後六時～午前零時

午後六時からは夜見世の時間。吉原がもっとも賑わう時間帯だ。夜見世は午前零時に終了。この時刻になると拍子木が打たれるが、これを引け四つという。午前零時だから本当は九つと呼ばれるはずなのだが、そこには吉原独特の理由がある。江戸ではあちらこちらに木戸があり、木戸番は四つ（午後十時）になると閉めていた。吉原も最初は四つに大門を閉めていたが、それでは早いというので、のちに九つとなったためだ。

閉門後はくぐり戸と言われる左右の袖門《そでもん》から出入りすることになるが、そもそも大門はあきっぱなしだったという説もある。

◉午前二時

午前二時には酒宴も終了して吉原も静かになる。内所へ行き、時札《ときふだ》という名前が書かれた札を掛けかえる。これは心中や足抜の予防のためだ。客と同衾した女は朝まで客と過ごし、客がつかなかった女はひとりで床についている。

こうして、長い一日がまた更けていく。

客への文を書く遊女。遊女たちは張見世や客と会っている以外の時間も研鑽を積むことが求められた。

渓斎英泉『契情道中双ろく　見立よしはら五十三つい　丸海老屋内豊岡　まい坂』

国立国会図書館

一年の過ごし方

続いて、遊女たちの一年の過ごし方を見てみよう。

吉原では、華やかな年中行事で客を呼ぶとともに、紋日《もんび》という独特の祝い日を設けた。この日は揚代が二倍になるので、客のサイフにはきつい。吉原の都合でそうした日を増やしていったところ、さすがに増えすぎたということで、寛政期には大幅に削減されている。

この日に客がとれないと、遊女たちは身揚《みあが》りといって自分で自分を買い上げなければならず、借金はますます膨らんだ。それを知っているからこそ、要望に応じて登楼するのが馴染み客の男気の見せどころでもある。

吉原の華やかな年中行事を辿ってみよう。客やその他のゲストのみならず、遊女たちがときに過酷で単調な生活の中で、これらの行事を心待ちにしていた感情も、伝わってくるような気がする。

一月

元日◈廓中が休みで、雑煮を食べ、お屠蘇で新しい年を祝う。

二日◈楼主から新しく配られた小袖で茶屋などに年賀に回る。自分で新調する者もいる。この日が初買いとなり、遊女たちは前年末に、買い初めの客になってくれるよう、客に依頼をしている。

七日◈七草粥を食する。

正月二日、年賀の挨拶。
『吉原青楼年中行事』国立国会図書館

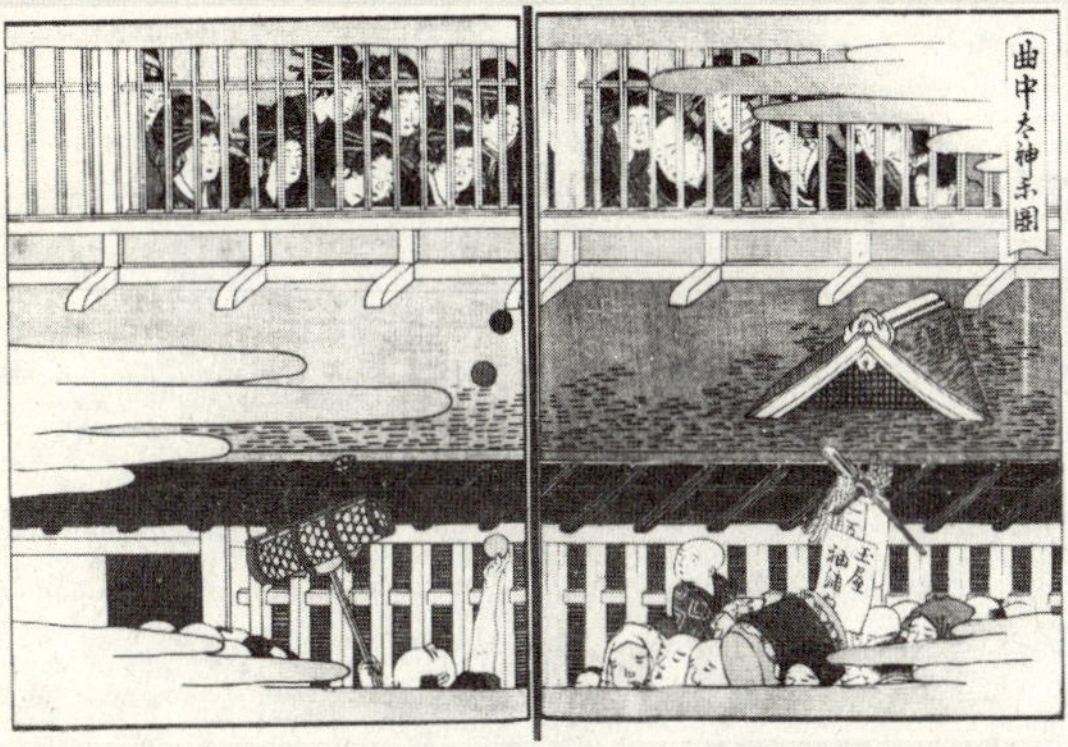

二月

最初の午《うま》の日◈初午《はつうま》。稲荷神社のお祭りで、商売繁盛を祈願する大切な日。京町の九郎助稲荷、開運（松田）稲荷、江戸町の榎本稲荷、伏見町の明石稲荷などに詣《もう》でる。大神楽《だいかぐら》もあり、囃子に合わせて獅子舞や曲芸を披露する者が現れ、鳥目《ちょうもく》を稼いだ。

初午の祭りを眺める遊女たち。
『吉原青楼年中行事』国立国会図書館

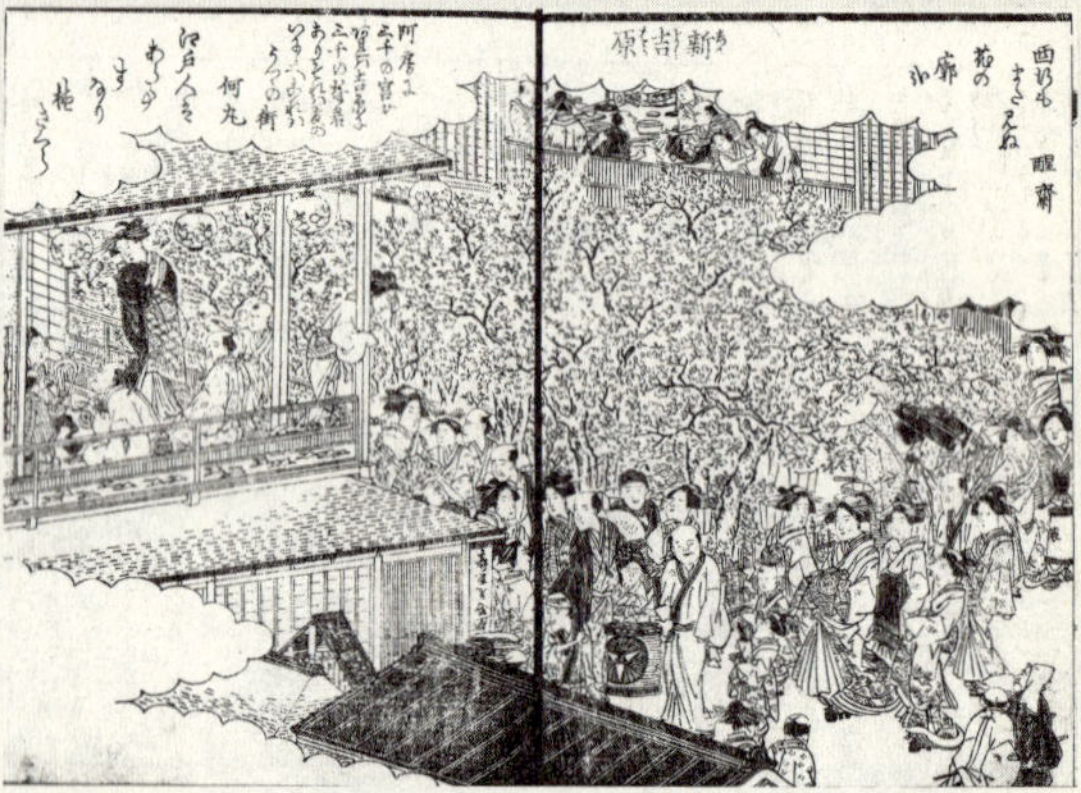

三月

仲之町の桜◈毎年、植木屋によって埋め込まれ、咲くのを待つ。夜桜が見事で、通りに並んだ茶屋の提灯や雪洞《ぼんぼり》に照らされ、妖しい美しさで魅了した。

長右衛門という植木屋が担当し、入念にチェックしてちょうどよい頃あいに花を咲かせていた。また桜の高さは妓楼の二階から眺めてちょうどよい塩《あん》梅《ばい》に配慮した。時期が終わると桜の木は撤去された。

三月には内証花見として昼夜の見世を休ませ、馴染みの客と遊女たちを遊ばせる日もあったようだ。

このようなイベントがある日は、遊

女目当てだけでなく、一般の観光客も大挙して吉原に押し寄せた。

三日◇ひな祭り。

右頁）花見客でごったがえす仲之町の様子。
『江戸遊覧花暦　四巻』国立国会図書館

上）三月に植えられる桜並木の下をそぞろ歩く遊女たち。
『江戸名所　よし原仲の丁桜道中』
山口県立萩美術館・浦上記念館

四月

一日❖衣替え。五月四日まで袷《あわせ》を着る。

五月

五日❖衣替え。袷から単衣《ひとえ》に。楼主から仕着せが渡される。

端午の節句。花菖蒲《しょうぶ》が見ごろ。これも長右衛門が担った。この日は十五歳以下の子供は廓内に入れなかった。延宝《えんぽう》年間（一六七三〜八一）に禿が菖蒲打ちで怪我をしたためという。

半ば以降❖甘露梅を作り始める。これは茶屋が正月に得意先に配るためのもの。

甘露梅を漬けている様子。

『春色梅美婦禰』早稲田大学図書館

六月

この月は暑いので客は川涼みと称して川に近い岡場所に流れた。

七月

一日～晦日《みそか》❖玉菊《たまぎく》灯籠。享保のころ、遊女玉菊の追善《ついぜん》のために懇意にしていた茶屋がきりこ灯籠を灯したのが始まりといわれる。この茶屋が繁盛したのでその後茶屋の多くがきりこ灯籠を出すことになったようだ。

七日❖七夕。笹の葉に短冊や鬼灯《ほおずき》を吊るす。短冊には客の名が書いてあり、お客を招くという意味で扇も吊るす。

茶屋で玉菊灯籠を飾る様子。
『吉原青楼年中行事』国立国会図書館

八月

一日❖八朔《はっさく》。この日は徳川家康が江戸に入った祝いの記念日。遊女たちは白無垢を着て町に出る。この由来は元禄時代にさかのぼるという。高橋という太夫が病をわずらっていたものの、客の呼び出しに応じて白小袖姿で揚屋入りし、その姿が妖艶で美しかったことが評判になったためという。一方、この日は武士が白帷子《しろかたびら》で登城するためそれに倣《なら》ったという説もある。

一日から三十日間◈俄《にわか》。九郎助稲荷のお祭りで、それにちなみ晴れの日は、男女の芸者などが扮装し、寸劇や踊りを即興で行った。また笛や太鼓などのお囃子を引き連れ、車のついた舞台を引いて回った。人がわいわいいて賑やかなので、足抜の機会になったとされる。

右頁）遊女たちが白無垢を着る八朔。『吉原青楼年中行事』国立国会図書館

上）俄。『吉原青楼年中行事』国立国会図書館

月見。
『吉原青楼年中行事』国立国会図書館

八月

十五日❖月見。月を愛《め》でる。客は後《のち》の月（九月十三日）にも来ることを約束して別れる。馴染みの客には観月杯として酒杯を贈る。

九月

九日❖重陽《ちょうよう》の節句で、単衣から袷へと冬の衣装に衣替え。

十三日❖後の月。八月の十五夜に登楼した客がやってくる。八月の月見のみの客は片月見といって忌《い》まれた。

十月

最初の亥《い》の日❖玄猪《げんちょ》といい餅を食べた。また炉開きをし、見世に火鉢を出す。

十一月

酉の日❖普段は閉ざしている西河岸の門を開いて客を呼んだ。この日はすぐ近くの鷲《おおとり》神社に参詣して熊手を買う人が押し寄せたことから、それらの客を呼び寄せようとしたため。

鷲神社の祭礼で賑わう様子。鷲神社は現在も熊手で有名。
歌川豊国（三世）『酉の丁銘物くまで』国立国会図書館

十二月

十三日❖煤《すす》掃《は》き。大掃除が終わると、妓楼の要《かなめ》の人物を胴上げする習慣があり、遣り手などをわざと落として一年のうっぷんを晴らした。

年の瀬❖馴染み客に無心の依頼や年始の客になってくれるよう手紙を書いた。

餅つきの図。

『吉原青楼年中行事』国立国会図書館

三——遊女の教養

茶屋や妓楼はサロンの役割も

『吉原裏同心』では、幹次郎の姉《あね》さん女房の汀女が、遊女たちを集めて習字や文の書き方、和歌俳諧などを教えている。実際の吉原で、遊女たちを一カ所に集めて教養を仕込んだという史料は見当たらないが、書や和歌、俳句、音曲、はたまた香道《こうどう》まで、上級遊女たちの教養はかなりのものがあった。

楼主がこれと見込んだ娘には、わざわざ師匠に来てもらって仕込んでいた。人情本『春告鳥《はるつげどり》』(為永春水《ためながしゅんすい》)では、お袖《そで》という振袖新造が生け花の稽古を一階でしていたとあり、彼女が特別に仕込まれていたことがわかる。お袖は引込禿あがりだ。こうした教養が資産となり、レベルの高い客を満足させる。

人間、余裕ができると教養をつけたくなるし、趣味のひとつも持たなければ恰好がつかない。上客にはきちんと評価ができて対応できる遊女が必要なので

読書、茶の湯、書画、三味線に励む遊女たち。教養を身につけることは、高級遊女にとって必須の条件であった。 渓斎英泉『契情道中双ろく 見立よしはら五十三つい』国立国会図書館

ある。「美貌だけでなくこんなに教養のある女に大切にされている」と客も満足することになる。

文は基本

文は能筆《のうひつ》かつ相手の心に響くものでなければならない。興ざめされては逆効果だから、客の性格や教養によって、ぐっとくるのはどんな文面かをつかむ必要がある。女性から手紙をもらえばうれしいのが男の性《さが》。今の営業メールとはひと味もふた味も違う。

藤本箕山《きざん》が江戸前期に色道百般について書いた『色道大鏡《しきどうおおかがみ》』という書でも、遊女の手跡は、まず文さえ美しくあればこれをよしとするとされている。常にとりかわす文がよくても、歌を書かせてみて劣っているのは興ざめだといささか手厳しい。

能書家として有名な遊女はたくさんいるが、中でも江戸後期の粧《よそおい》太夫は書を中井敬義《たかよし》に習い、儒者の亀田鵬斎《ほうさい》から蕋雲《ずいうん》という号を与えられた。浅草神社には粧太夫が書いた柿本人麻呂《かきのもとのひとまろ》の和歌の碑がある。また、扇屋の花扇《はなおうぎ》は書を東江流《とうこうりゅう》に学び、三囲稲荷へ詣で、額を奉納したという。
山東京伝の『傾城觿《けいせいけい》』は六つの大見世から二十九人の遊女を紹介した洒落本だが、教養や諸芸についても評している。これを参考に何人かの諸芸について一部抜粋してみる。

『傾城觿』より一部抜粋

松葉屋瀬川（七代目）
書　安親門人
茶　遠州
歌学　二条家
香、琴　いずれも芸の道具なり
常に茶事を好み、気性風流

松葉屋若菜
句は品よく仕上がっている
芸は琴、茶、香、尺八

丁子屋雛鶴
歌の道にこころざし深く、
いやしきことを嫌う
歌学、茶、俳諧、琴、香

はやり言葉を言わず、
正しいことを好む気性
よって客の約束も、五日、
十日前に言っておかないと会えない

扇屋滝川
一句嫌みなく、丈夫に仕立てる
茶、琴、香、碁、双六
風俗は万客の心をとらえ、
松の位の威風が備わっている

扇屋花扇（四代目）
全盛並ぶ者なし
書は東江流、歌学、茶、琴、香
常に手習いを好み、稀有の婦人

四――遊女のファッション

髪型の基本形

江戸時代の女髷《まげ》は基本的に四種類だ。「兵庫《ひょうご》髷系」「島田《しまだ》髷系」「勝山《かつやま》髷系」「笄《こうがい》髷系」である。それらがさまざまに変化し、複雑に進化を遂げた。このうち「笄髷系」以外は遊女が起源だといわれている。

◆**兵庫髷系**……中国風の唐輪《からわ》髷からできたとされる。この唐輪髷は頭の上にふんわりと束ねられたもので、出雲阿国《いずものおくに》がこの髪型。この唐輪髷を元に遊女たちが結い、やがて一般に広まった。頭の上で輪をつくって根を結ぶ。アレンジとして横兵庫、立兵庫があるが、横兵庫は髷を横に広げた形をとり、立兵庫はこの髷がさらに華麗になっている。

◆**島田髷系**……島田宿の遊女たちが結っていたのが最初といわれる。若衆《わかしゅ》髷から発想を得たようだ。髪を頭の上で束ね、それを元結で締める。元結はこよりにのりをつけたようなもので、水や唾液などで結び目を固まらせた。髱《たぼ》が少し出ているのが特徴。町娘の髪型として大流行した。横兵庫がすたれてからの遊女の髪は幕末までこの島田がメイン。

◆**勝山髷系**……湯女あがりの遊女・勝山が結っていたとされる。髪の根で結んだ髻《もとどり》を前の方に曲げて輪をつくり、先の毛の部分を折り返して元結で留める。武家の夫人の髪型をアレンジしたようで、武家の若妻に流行った。この髪型の派生形でもっとも有名なのが丸髷だ。輪を頭の上で丸くふんわりとつぶしたもので、丸髷といえば既婚女性の証《あかし》とされた。

◆**笄髷系**……もともとは女官や御殿女中から始まり、下げ髪を仮に留めておくという実用からできたもの。宮廷の女官や御殿女中が休憩中に笄を使って髪をぐるぐる巻き付け、留めておいたのが始まりとされている。先笄《さっこう》という笄髷と島田髷をミックスしてできたものが知られている。

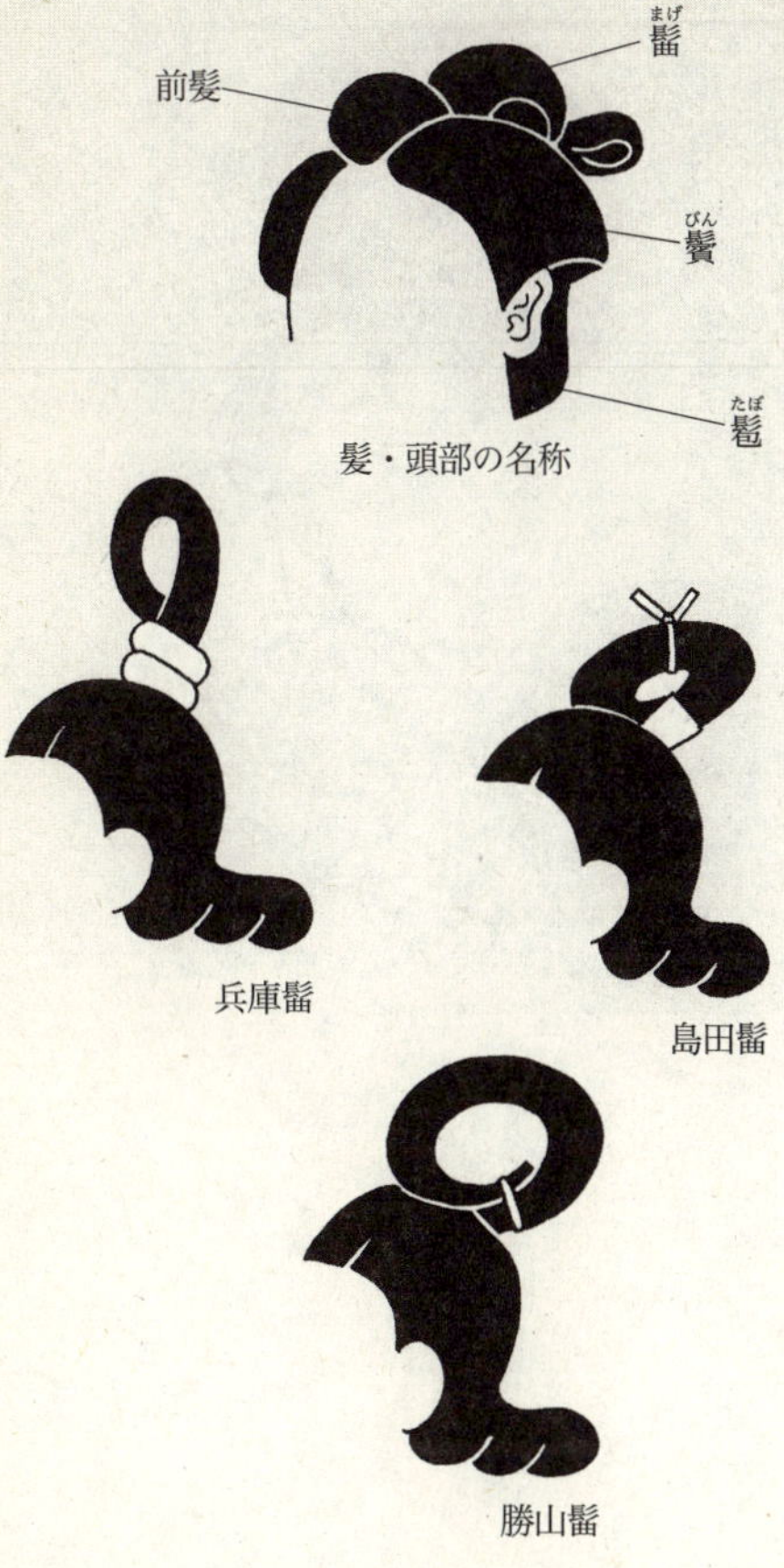

遊女の髪型の基本形。『吉原の落語』より

◉一七二

歌麿の浮世絵の多くは灯籠鬢に結った女性である。

喜多川歌麿『松葉屋内粧ひ』国立国会図書館

天明には灯籠鬢が流行

喜多川歌麿の浮世絵に描かれている美人の髪型によく見られるのがこの灯籠《とうろう》鬢《びん》。鬢が横に張り出していて、髪が透けて見えるかのようだ。

宝暦以降流行ったようで、天明から寛政にかけて大流行した。だがそれも文化期になるとすたれてしまい、また髷の形が競われるようになる。灯籠鬢のためには鬢さしという型を使う。余裕のある人は鼈甲《べっこう》などを使ったようだが、庶民は針金を和紙で巻いたものを使用した。『吉原裏同心』二巻（第一章二節）で、八朔の折に薄墨太夫が灯籠鬢にしている。

髪を洗うのは一大イベント

妓楼では月に一度髪を洗う日が決められている。その様子が『吉原裏同心』の十九巻で詳しく描かれている。けっこう大変で一仕事のようだが、それもそのはず。今のようにさらさらの髪ではなく、鬢つけ油を使っていたので、その油がなかなか落ちない。鬢つけ油は蠟《ろう》と油と松脂《まつやに》と香料でできていた。洗う際

洗髪を終えてさっぱり、くつろいだ様子の遊女が見える。

『彩色美津朝』国立国会図書館

は熱湯でふのりを溶かしてうどん粉を入れていた。

笄、櫛、簪

花魁道中では櫛や簪《かんざし》を多数つける。なかでも印象的なのは数多く挿した簪。まるで後光のように放射状に広がっている。浮世絵で遊女とわかるのは、この簪からだ。櫛は一枚から三枚で、これも実用というよりは装飾的な大ぶりなもの。

◆**櫛**……元々髪を梳《す》くという実用的な櫛が装飾的になったのは元禄ごろだ。宝暦のころには天満屋（大坂）の遊女が五両（約四〇万円）の鼈甲の櫛を挿し、周囲を驚かせたという。

花魁の髪型。大きな櫛とたくさんの簪。
渓斎英泉『佐野槌屋内綾機』（部分）
国立国会図書館

装飾用の櫛が一般に普及してくると、遊女たちは挿し櫛が目立たなくなるため、二本、三本と挿し、大きさも大きくなった。

『嬉遊笑覧』には、安永年間に平賀源内が「菅原櫛」なるものを作ったと書かれてある。「この櫛も瞬息の間のこととみえて今はその形状がわからない」とあるが、伽羅《きやら》の櫛に銀の縁をつけたものと言われている。この櫛は吉原・丁子屋の雛鶴に挿してもらい、江戸中で大評判になったとも伝えられている。

◆笄……元々は下げ髪をしていた女官たちが一時的に髪を巻くのに使っていたのが、しだいに頭に挿しておいて飾りとするようになった。時代によって幅広になったり、幅が狭くなったりし、角棒状のものも現れた。髷の中に押し込んで使うのが一般的。浮世絵では花魁の髷の両サイドに突き出した角棒状のものが印象的。

◆簪……上は耳かきとして、下は二股に分かれていて髪《かみ》かきとして使えるが、髪飾りの要素が強い。幕府の奢侈《しゃし》禁止令に対して実用品といいわけするためにも耳かきは必要だった。一般女性と比べると遊女が挿す簪の本数は多く、

大ぶりの櫛をつける遊女。鼈甲の櫛をつけるのは当時の女性のステータス。
これを複数つける遊女は、それこそ最高級の女の証だった。
『浮世絵大鏡』国立国会図書館

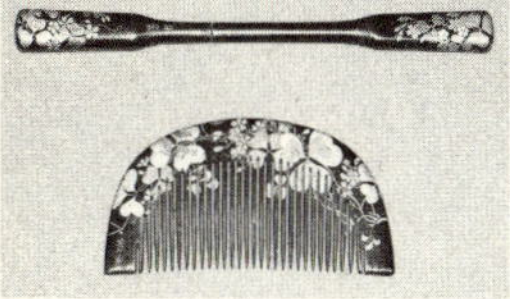

笄と櫛（時代は明治・大正期のもの）
Wikipedia より

『守貞謾稿』によると「はなはだ長く八、九寸もあるべく」「簪すべて十二本さし」とある。

櫛、笄、簪は客と一緒でも、夜やすむ際には取りさった。

紅、白粉、お歯黒

◆紅……当時の紅は紅花から抽出したものがほとんどで、「金一匁《もんめ》紅一匁」といわれたほど高価。今の山形県で取れるものが有名だった。紅花は濃い山吹色で、作業工程は以下のようになる。

まず初夏の早朝紅花を摘み取る↓その花を踏む↓踏んだ花を水に晒《さら》し、黄色い色素を取る↓筵《むしろ》などに並べ、適度に水分を与えて湿らせておく↓それを丸い形に成形して乾燥させる。

文化・文政（一八〇四〜三〇）に流行した笹色紅《ささいろべに》というものがある。上唇は紅色、下唇は玉虫色に塗る方法で、玉虫色は紅を何度も塗り重ねることでできるものだ。とても贅沢な塗り方で、そんなことができるのは上級遊女など一部の女性だけ。そこで一般女性はまず墨をつけ、その上から薄く紅

紅でアイシャドウを塗る芸者。
香蝶楼国貞『当世美人合踊師匠』国立国会図書館

「美艶仙女香」と書かれた美人画。まるでCMポスターのように流布され、仙女香は当時の人気商品となった。
渓斎英泉『美艶仙女香』国立国会図書館

を塗り、なんとか玉虫色に近づけようとした。遊女のおしゃれは紅のつけ方でも憧れを誘ったのだ。

◆**白粉《おしろい》**……色白は若さと優雅さの象徴とされていた。白粉には鉛や水銀が使われ、三重の水銀の白粉は特に有名。文政年間には「仙女香」という白粉が巧みなPRもあって人気商品となった。

◆**お歯黒**……江戸では既婚女性の多くがお歯黒をしていたが、吉原では遊女もしていた。お歯黒は、酸に鉄を溶かしたお歯黒水と、五倍子《ふしのこ》粉といわれるタンニンを含んだ粉を交互に歯につけた。タンニンには虫歯予防の効用がある。お歯黒水はお茶や酢に古釘などを入れて密封し、数カ月置くとしだいに茶褐色の液体に変化する。なお芸者はお歯黒はしていなかった。

衣装

『守貞謾稿』には幕末の花魁道中の様子が記されているので、一部を簡単に記してみる。

笄は長い物を使い、櫛は大ぶりの物を二枚挿す。簪は後ろの左右に三本ずつ、

化粧をする廓の女性たち。手前の女性はお歯黒を塗っているところ。
『絵本時世粧』国立国会図書館

前の左右にも三本ずつの計十二本。櫛が倒れないように、前から一、二本挿すこともある。髪型は髷尻を高くした島田。

華やかな打掛姿で、打掛のことを吉原では仕掛《しかけ》と呼ぶが、これを二領着る。上の打掛には縞繻子《しまじゅす》が多く、ラシャ、ビロードなどにさまざまな刺繍をしたものもあるし、金襴、錦、緞子《どんす》もある。縞縮緬《ちりめん》などの染模様は稀《まれ》。下の仕掛の周りは上の仕掛と同物同色同製を使い、胴の部分には緋絞《ひしぼ》り縮緬を使う。いわゆる額仕立てだ。これを間着《あいぎ》と言う。

衣服二領も多くは額仕立て。胴は緋絞り縮緬で周りは仕掛と同じくしたり、縞縮緬染模様、または縞などにする。帯は錦、緞子の類、あるいはラシャ等に縫があり、前に結んで垂らす。

このような感じだが、贅沢の極みで見物人にとってはまさに眼福。ただこうした衣装や装飾品、化粧品などは自己負担だし、禿の衣装代なども負担しなければならない。有力な有徳人《うとくじん》の支えが必須なわけである。

禿の振袖の絵柄を花魁の打掛のそれと同じにしたり、リンクさせることもあった。たとえば花魁の衣装が虎の模様なら、禿は竹の模様といった具合だ。

遊女ファッションの一例。
『新吉原京町一丁目岡本楼内重岡』国立国会図書館

浮世絵を売る店先の様子。
歌川豊国（三世）『今様見立士農工商』国立国会図書館

また、花魁は冬でも足袋をはくことはなかった。素足を見せることでおしゃれの心意気を示したのだろう。

遊女が部屋にいるときは小袖などを着て、幅広の帯を前に結んで垂らしたりしている。

人気のある遊女たちの姿は浮世絵などで江戸市中に流布された。そればかりか浮世絵を江戸土産として持ち帰る人も多く、遊女や役者の姿は多くの人の目に触れることになり、憧れを誘った。

江戸のファッションをリードしていたのは遊女や役者だったのである。

横川彫竹

第四章◉魅惑の吉原グルメ

歌川豊国（三世）『花山宿霞の弾始』（部分）国立国会図書館

食べる新吉原

江戸はさまざまな食を楽しむことができるグルメの町だ。莫大な金が落ちる吉原には、やはりそれに見合った名物があり、客が土産にしたり、茶屋がお得意様に配ったりした。

『吉原裏同心』にも、おいしそうな食べ物がわんさと出てくる。幹次郎と汀女にとっては、故郷竹田にいたなら一生口にすることのできないものも多かっただろう。

日本人の食への貪欲《どんよく》さと探究心は、平和な二百数十年の江戸期にかなりの発展を遂げる。その中でも天明期は大飢饉《だいききん》があった一方、『豆腐百珍』など百珍ものの料理本が初めて刊行されるなど、料理の遊び心が花開いていくエポックメーキングとなる時期でもあった。

経済力をつけてきた町人たちは、吉原で遊び、さらに同時に、大いに食を楽しんだのだ。

一―廓内の食事情

遊女たちは何を食べていた？

遊女たちは、いったいどんなものを食べていたのだろうか。

遊女たちの食事は一日二～三回。朝食は起床後、午前十時～十二時くらい、次は昼の営業が終わってから夜の張見世までの午後四時～六時くらいにとった。夜は仕事の合間に適当にすませるか、十二時過ぎに夜食をとった。

食事はご飯と味噌汁にせいぜい佃煮や煮物などだった。実に質素だが、美味《うま》いものを食べたければ、馴染みを増やして好きなものを取ってもらえ、という無言の圧力なのだろう。

遊女たちの食事のシーンは『吉原裏同心』にも描かれている。十六巻には「部屋持ち以上の遊女は自分の部屋に三度三度の膳を運ばせることができた。だが、新造や禿は一階の大広間で慌ただしく食事をした。この場合でも新造は

妓楼一階の広間に膳を出し、食事をする遊女たちの様子。華やかさとは無縁な日常風景だ。

『昔唄花街始』国立国会図書館

猫足膳が与えられたが、禿は長い飯台と分けられていた」（第四章一節）とあり、やはり高級遊女は待遇がよい。外から取り寄せることもできた。

十巻では、お正月の様子が描写されている。場所は、吉原の全焼後、浅草寺門前の料理茶屋として営業を始めた山口巴屋だ。奉公人一同と吉原会所の者が集まり、新年の食《しょく》始めをする。

「古《いにしえ》の吉原の習慣に従い、羹にて正月を寿《ことほ》ぎ、食《しょく》始めと致しまする」（第一章二節）という四郎兵衛の宣言で銘々膳に配られたのは雑煮椀。雑煮のことを羹《かん》といっている。「昆布や煮干しでだしを取った汁に餅《もち》、鶏肉、椎茸、人参が入り、三つ葉が春の彩りを添えていた」と表現されており、目の前に湯気が立つのが見えるよう。

人情本『春告鳥』（前出）では、遊女が部屋で客に仏手柑《ぶしゆかん》の砂糖漬けなどを勧める場面がある。蓋のある菓子器に入れて持ってくるのは新造だ。「お茶を持ってきました。おいしいものも持ってきましたよ」と言ってお茶も注ぐ。菓子は親密さを演出する小道具としても使われていたようだ。

仕出し

華やかな宴に欠かせないもの、特別な料理。妓楼は、最初は自分のところで料理をして客に出していたが、やがて仕出しを頼むようになった。この仕出し屋を吉原では「喜《き》の字《じ》屋」と呼んでいたが、それは享保（一七一六〜三六）の末に仲之町で仕出し料理を出して繁盛していた喜右衛門《きえもん》にあやかってのこと。

吉原では大きな台に料理を盛り付け、器ごと運んだので、この仕出し料理のことを「台《だい》の物《もの》」と呼んだ。『吉原大全』によると、喜右衛門は小田原の生まれで、けっこうな身の上だったが零落《れいらく》して吉原にやってきて、あちらこちらにいた人物だという。もともと料理巧者で、ふと台の物を思いついて角町のかど鳴瀧屋《なるたきや》与右衛門の家を買って所帯をもち、台肴《だいざかな》などをこしらえたところ、めずらしい仕出しとして評判になったと記されている。

通常台の物はお造り、煮物、硯蓋《すずりぶた》といわれるかまぼこなどの口取り、焼き物の四種類で、金一分（約二万円）。当時かまぼこはけっこう高く、安いものであ一枚一〇〇文（二〇〇〇円）、高級品は二〇〇文（四〇〇〇円）を超すものがあっ

台の物を運ぶ喜の字屋の若い者。載っている料理にはヴァリエーションがあるのがわかる。

上）『江戸大地震之絵図　当世仮宅遊』
下）『吾妻源氏雪月花ノ内』
ともに国立国会図書館

た。高級品を除くと鮫《さめ》を多く使用していた（『守貞謾稿』）。天保になると二朱（二万円）の台の物が出たが、これは煮物に酢の物の二種。かなり貧相だったという。お決まりの物だけでなく、追加で頼むこともあったろう。

『守貞謾稿』には、吉原の酒肴は決まったものがあって、肴は一分台、銭見世なら二朱台とある。また、半籬（中見世）・小見世ともに客の好みならば二朱台も出すけれど、特に言われなければ一分台を出す、と書かれてある。

この仕出しを頼む様子が、山東京伝の洒落本『傾城買四十八手』に載っている。部屋には酒の肴としてはきんぴらごぼうやあまり新鮮ではないタコなどがあるのだが、いまひとつなので客は別のものを取り寄せようとする。喜の字屋では献立表として、その日の仕込みのものを小さく紙に書いて何枚もつるしてあり、取りにやると一枚ずつよこすようだ。中で気にいったものに墨で印をつけ、取りにやるという。へぎ板に書くのもあるらしい。

台の物は松の飾りなどで意匠はもてはやされたようだが、味はいまひとつといわれている。江戸時代は鮨《すし》や鰻《うなぎ》などの料理がどんどんと進化し、料理茶屋も増えていったが、そのスピードに追いつけなかったのだろう。客は料理を楽しみに来ているわけではないから、しかたがない面もあるのだが。遊女は客の前でぱくぱく食べることはなかっただろうが、残ったものは夜食や朝食になった。

廓名物

庶民から裕福なお大尽までが集まる吉原には、さまざまなグルメがあった。現在では残っていないものも多いが、当時の吉原を訪れる人々が名物として味わっていた数々を、味を想像しながら紹介してみよう。

◆巻せんべい……『吉原大全』に「巻せんべいはこの里第一名高き名物で、江戸町二丁目角、萬屋太郎兵衛が工夫しはじめた。今の竹村伊勢だ。近頃は最中の月というものも出した」とある。

巻せんべいは小麦粉をうすやきにして巻いたもの。関東などではせんべいは米粉のものと小麦粉のものがあり、主流は米粉のものだ。だが京都あたりでは、関東の米粉のせんべいはおかきといい、せんべいは小麦粉でできた甘いものを指すことが多い。ルーツは奈良期あたりに唐《とう》から伝わった唐

竹村伊勢の名物、巻せんべい。『画賛俳諧名物鑑』個人蔵

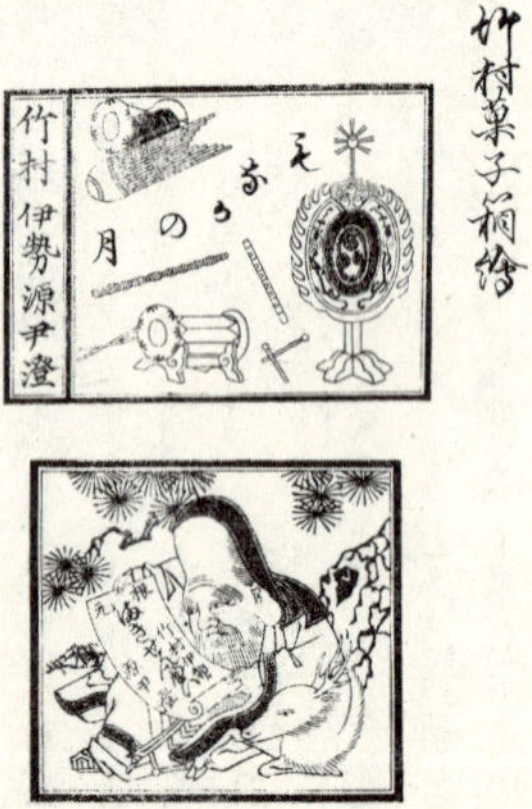

上が最中の月、下が巻せんべいを入れて売られていた箱の絵。『花街漫録』国立国会図書館

菓子らしいが、唐菓子は当初甘味を甘葛《あまずら》でつけたようで、神社で神聖な供物として捧げられた。

巻せんべいは絹巻《きぬまき》とも呼ばれ、京都をはじめ、あちこちで作られている。今日、中に飴を入れたものも売られているが、吉原の巻せんべいは中が空いていたようだ。『玉菊燈籠弁』（南陀伽紫蘭）という洒落本の中で「中のあいて居る巻せんべい、藁《わら》でいわひた山屋とうふ」というくだりがある。

◆**最中の月**……これも竹村伊勢の名物。餅を薄くして型抜きし、二枚の皮にして中に餡《あん》を入れたものという。あんころ餅という説もある。『吉原裏同心』二十巻に登場するが、こちらはあんころ餅としている（第二章四節）。

◆**山や豆腐**……『吉原大全』に、「あげや町の山や市右衛門の豆腐は絶品、世にこれを山や豆腐として珍重している。甘露梅《かんろばい》は松屋庄兵衛が手製で始めた。昆布巻は近江や権兵衛が製す。漬菜は、すさきや九兵衛が始める。この三品は仲之町の名品として、今は茶屋からの配り物となった」とある。

山やの豆腐はゆず風味とも金柑《きんかん》味ともいわれている。「いたって極品なり」とあるから相当おいしいのだろう。

◆**甘露梅**……これについては『吉原裏同心』六巻に描写がある。山口巴屋の前で女衆《おんなし》が大八車に積まれた青梅を買い込んでいるところを幹次郎が目撃し、山口巴屋の女将・玉藻《たまも》に声をかける。「梅を紫蘇《しそ》の葉で包み、砂糖漬けにします。それを二冬ほど寝かせて、翌々年の正月の年玉《としだま》に配ります。これが甘露梅ですよ」と玉藻から教えられる（第二章一節）。

第三章一節になると、汀女が山口巴屋の甘露梅作りに、姉さん被りに襷《たすき》がけで参加している。製法は「塩に漬け込んだ青小梅の種を取り、その穴へ山椒または粒胡椒などを入れて、再び二つを合わせて紫蘇《しそ》の葉で包み、砂糖や蜜、さらに酒を加えて壷に入れ」るとのこと。配るのは正月七日。得意客だけが味わえる口福。

◆**袖の梅**……さらに『吉原大全』を見てみよう。「羣《ぐん》玉庵《ぎょくあん》のそば切が名物。畳いわし、煎豆《いりまめ》、青梅《あおうめ》の三品

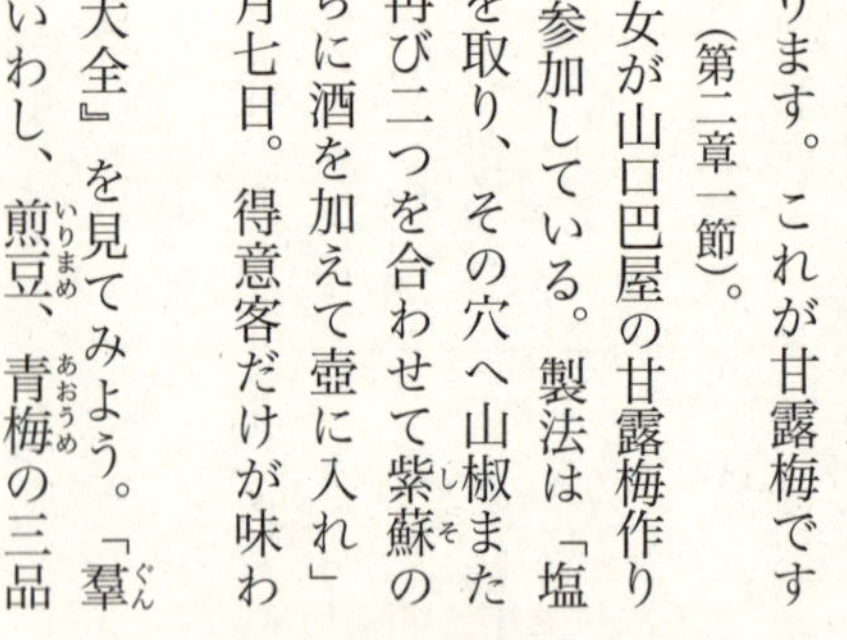

『守貞謾稿』に描かれた甘露梅。
国立国会図書館

はむかしから女郎屋の名物として出していたが、今遺風《いふう》が残っているのは江戸町松葉屋半左衛門。袖の梅は正徳《しょうとく》のとき、天溪《てんけい》という隠者がいて伏見町に住んでいたが、酒客のためにこれを作って広めた」と続いている。袖の梅は二日酔いの薬として重宝されたようだ。

卵は高いが人気

吉原では行商人が卵を売っていた。戦後しばらく経っても卵はけっこう高かったが、江戸期はもっと高い。一般には食べられない高級品だったが、滋養がつくということで人気があった。

『吉原裏同心』一巻では、南町奉行の山村信濃守《やまむらしなののかみ》が吉原臨時巡察の際に「能無し奉行め、思い知れ！」とののしられ、誰かから生卵をぶつけられる（第四章二節）。これは大変な屈辱で、同心の村崎は「お奉行には五百両、われら面番所に百両」と会所に金を要求する。なぜ面番所にまで？　と思うのだが、なんでも金に換えようとする同心の抜け目のなさと執念がすごい。卵は五つ投げられており、生卵を五つも持って大門をくぐる野暮はいないだろうから、犯人は廓内で卵を買ったのだろうと会所は見当をつける。そして切見世のきくという女が卵を棒手振《ぼてふ》りから買ったことをつかむ。きくにはふたりの弟がいて、そのうちのひとりが奉行所の裁きで冤罪を着せられ、打ち首となっていたのだった。ここでは権力に泣く庶民の怒りが卵にこめられている。

二――天麩羅、蕎麦、鮨

天麩羅は屋台から

吉原で食べられていたその他の江戸名物を見ていこう。

『吉原裏同心』一巻では、吉原に来てまもない幹次郎と汀女が「きのじや」で天麩羅を食べる場面がある。場所は五十間道の路地。「たまにはな、二人で流行《はや》りの天麩羅を食して帰りなされ」（第四章一節）と四郎兵衛の好意で予約してもらっていたのだ。

天麩羅の屋台で、二本差しの武士が顔を隠して買い食いしている。屋台の天麩羅は安くて人気の江戸グルメだった。

『職人尽絵詞』国立国会図書館

大皿に盛られた天麩羅が運ばれてくると、『おお、これはなんと香りのよいこと』『うまそうじゃな』二人は初めて目にする天麩羅をしばし黙って見つめていた」とあり、沈黙が二人の期待の大きさを物語ってもいる。

四郎兵衛の言葉からわかるように、天麩羅が流行り始めてからさほど年月は経っていない。当時の天麩羅は小麦粉を水に溶くもので卵は不使用。江戸では江戸湾で獲れた芝海老や穴子、白身魚などを揚げていた。いまのような進化を遂げ、世界的な人気食になろうとは誰も思っていなかっただろう。

まず屋台で人気を博し、一串四文（約八〇円）ほど。屋台営業だったのは、火事を出さないためもあったようだ。きのじやは店舗という設定だから、もっと高いだろうが、会所のツケのようだ。それでも料理茶屋ほど高くはないようで、きのじやの女将も「天麩羅屋なんて料理茶屋のようにしゃっちょこばることじゃございません。気楽に飲み食いしていってくださいよ」と慣れない場所に緊張しているふたりに声をかける。こうした天麩羅も幕末にかけて高級志向のものが出てくる。なお、将軍の献立に天麩羅は記載されていないため、食していないようだ。やはりおいしいものを食べていたのは下々の者なのだ。

蕎麦は一六文

吉原の大門近くには増田屋という蕎麦屋があり、名物となっていた。

蕎麦は屋台が有名だが、幹次郎はあまり食べない。それでも六巻（第三章一節）では四郎兵衛らと深大寺《じんだいじ》で蕎麦を食べている。十一巻（第二章一節）では、山口巴屋で揚げ物のごぼうを入れた蕎麦を食している。これは蕎麦でも贅沢品だろう。汁には、鰹出汁《かつおだし》に醤油は入れたが、味醂《みりん》や砂糖は一般的には入れなかった。『江戸グルメ誕生』（山田順子）によると、味醂や砂糖が蕎麦の汁に使われるようになったのは文化年間だという。ただここ山口巴屋は料理茶屋だから、惜しまず砂糖や味醂も入れたかもしれない。

屋台のかけ蕎麦の値段は延享《えんきょう》期（一七四四〜四八）から万延《まんえん》期（一八六〇〜六二）まで百年以上にわたって一六文（約三二〇円）だったが、これは庶民の食べ物として幕府が認可制にし、値上げをさせなかったためだ。

十六巻では、お芳《よし》が会所番方の仙右衛門、親代わりの相庵《そうあん》と三人で、除夜の鐘を聞きながら年越し蕎麦をすすり、幸せをかみしめる（第一章一節）。冬に温

二八蕎麦の屋台。
『大江戸しばゐねんぢうぎやうじ　風聞きゝ』国立国会図書館

かいものを食べるとほっこりする。心を許せる相手とならなおさらだ。

豆腐は朝食にも

四巻（第一章二節）には「笹の雪」という豆腐料理の店が出てくる。場所は根岸新田の辻とある。「姉様、ここは吉原の山屋と並び、豆腐料理が名物の店にございますぞ」と幹次郎が汀女に話している。ここでふたりはごま豆腐、白和《しらあ》えなどで二合の酒を飲み、湯豆腐でご飯を食べる。ささやかな幸せに満足げなふたり。幹次郎と汀女は豆腐料理を食しながら「極楽とはこういう世界にございましょうかな」とうっとりしている。

妓楼で一夜を過ごした客が朝、根岸や上野で食事をとることも多く、『幕末下級武士の記録』（前出）では以下のよう

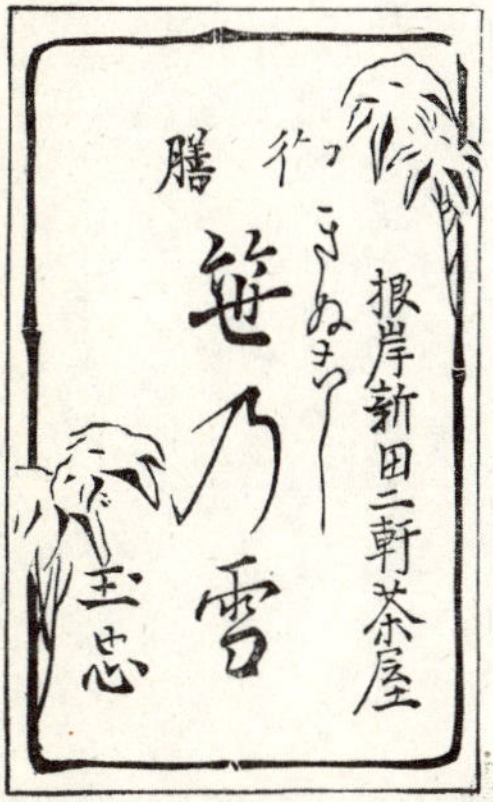

笹乃雪のラッピング。
『新板大江戸名物双六』国立国会図書館

に記されている。遊女屋の客はたいてい夜のあけないうちに帰るが、酒の酔いも醒め、ふところも寂しいので、根岸の笹の雪や上野広小路の揚出しなど、手軽な飯屋で腹ごしらえをし、真面目な顔をして我が家、または主家へ帰り働く人もいる、と。

なお、江戸期には大根やこんにゃくなどの食材の料理法を記した「百珍もの」が出ているが、天明二年（一七八二）刊の『豆腐百珍』を嚆矢《こうし》とする。これは大坂で出されたもの。幹次郎たちが「笹の雪」に来る数年前だ。天明五年には百を超える卵料理が載った『万宝料理秘密箱　前編』（器土堂主人）が刊行されている。遊び心と探究心を料理に盛り込む時代の到来である。

田楽

三巻では幹次郎と仙右衛門が、駕籠かきふたりが鎌倉河岸の酒問屋豊島屋《としまや》に向かっていくのを見る。「豊島屋は白酒で名高い店であり、大きな田楽と美味《うま》い下り酒を安く飲ませることで知られていた」（第四章一節）と記されている。

佐伯泰英のもう一つの人気シリーズ『鎌倉河岸捕物控《とりものひかえ》』では、この田楽は

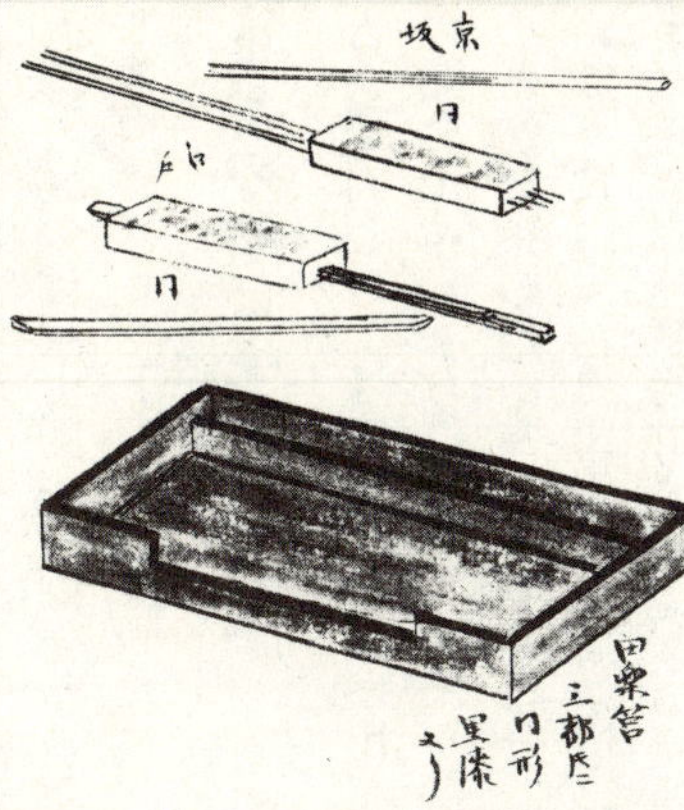

上）京坂と江戸における田楽。
『守貞謾稿』国立国会図書館

下）豊島屋に、白酒を求めて殺到する人たちの賑わいを描く。
『江戸名所図会』国立国会図書館

豆腐の味噌田楽として登場する。「大豆腐一丁を十四に切り分け、味噌を載せてこんがり焼く。これも掛け値なしの二文で売った」（一の巻）。約四〇円。当時の豆腐は今のものよりもかなり大きく、四分の一くらいに切って売っていた。

豊島屋は桃の節句に売られる白酒《しろざけ》が有名で、下《くだ》り酒も売っていた。白酒は吉原と無縁ではない。吉原を舞台とする歌舞伎の『助六由縁江戸桜《すけろくゆかりのえどざくら》』では、曾《そ》我《が》五郎の兄の曾我十郎が白酒売りの新兵衛として登場する。この演目のおかげもあり白酒はヒット商品となった。

こはだの鮨は遊里で人気

『吉原裏同心』ではこはだの鮨が出てくる。四巻では汀女がある隠居からこはだの鮨を土産にもらって、幹次郎が待つ長屋に帰ってくる。おりしも江戸に出てきた幼馴染の足田甚吉《あしだじんきち》が来ていて、「食べ物は江戸に限るな」と言いながらぱくぱく食べる（第二章一節）。この男に遠慮という言葉はない。

十一巻では達磨《だるま》横町に鮨売りの声が響く。「吉原かぶりにし、唐桟《とうざん》の粋ななりをした兄いが肩に折を何段も重ねて担ぎ、鮓《すし》の振り売りにきた。すると二

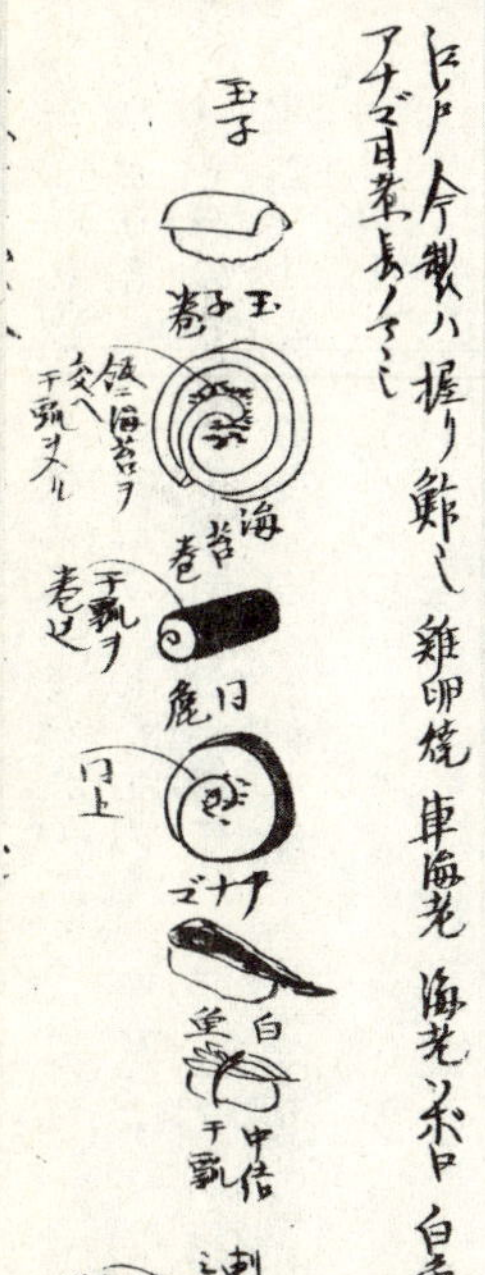

上）鮨をねだる子供。現代のような握り鮨が登場するのは、もう少し後の時代のこと。
歌川国芳『縞揃女弁慶　安宅の松』静岡県立中央図書館

左）『守貞謾稿』に見られる江戸の鮨のヴァリエーション。
国立国会図書館

葉楼に残っていた女郎衆が一つ四文から八文の値の鮓を買った」（第四章四節）。二葉楼はここに仮宅を構えているのだ。

吉原かぶりとは、二つ折りにした手ぬぐいをかぶり、髷の後ろで結ぶこと。鮨売りは美声の者が多く、唐桟の半纏《はんてん》に唐桟の着物、白足袋姿で色町を売り歩いた。当時はまだ握り鮨はなく、押し鮨。こはだの鮨は明和（一七六四〜七二）くらいから流行ったという。

三――旬のものを、旬のうちに

鰹と吉原

江戸といえばやはり鰹だ。

『吉原裏同心』十三巻は、棒手振りの初鰹売りの威勢のいい声から始まる。「天明《てんめい》期から寛政《かんせい》期にかけて日本橋の魚河岸《うおがし》に押送船《おしよくりふね》で上がった初鰹には高値

鰹を捌く居酒屋の女性。
歌川豊国（三世）『十二月の内　卯月初時鳥』
国立国会図書館

がついた」（第一章一節）とあるように、江戸っ子に人気だった。押送船とは帆と櫓《ろ》を使う船で速度が速いため、鮮度を落としたくない魚の運搬に使った。鰹は今の五月ころに鎌倉や小田原で獲れたが、初めて江戸の魚河岸に届けられたものを「初鰹」という。将軍家に献上してからの残りが一般人の口に入ったが、分限者が競って買い求め、客人を招いて自慢の宴を開いたりした。幕府への献上については三田村鳶魚《えんぎょ》が記している（『三田村鳶魚　江戸武家事典』稲垣史生編）が、河岸では初鰹を納めないうちは市中へは売らなかったという。御用の分は二十本くらいなのに、料理方が百本くらい取り寄せたそうだ。

吉原と鰹との関係では、紀伊国屋文左衛門《きのくにやぶんざえもん》にまつわる以下の話が『青楼雑話』に載っている。

紀伊国屋文左衛門が大巴屋で遊んでいる折、とりまきの重兵衛という者に、「今年は初鰹を、江戸に一本も見ぬうちにこの里で食したい」と告げる。重兵衛は魚問屋に前金を払い、初日に来た船の鰹をことごとく買った。そして文左衛門を呼び、鰹をただ一本だけ出した。大勢の太鼓持ちたちは、「次をはやく出してくれ」と催促するが、先の一本を出したきりで残りを出そうとはしない。文左衛門が「もうないのか」と尋ねたところ、庭の半切桶の蓋を二、三とり、「これほどもありますが、初鰹はめずらしいのを賞翫《しょうがん》すべきです。あとは家内や近所の人にあげるべきです」とまったく出そうとはしなかった。文左衛門はこのことにいたく感心し、重兵衛に褒美として五〇両与え、その気質を愛で、町屋敷などを買ってやったという。馬鹿馬鹿しいといえば馬鹿馬鹿しいが、こうした豪気を江戸っ子は喜んだ。『蜘蛛の糸巻』（山東京山）によると、談話として天明期には「今日は二両二分で安かった」とある。約二〇万円。

鰯は庶民の味方

幹次郎と汀女は鰹などは贅沢なので自ら買っては食べない。日ごろは鰯などが多い。

九巻では甚吉が朝、一方的に幹次郎の家にやってきて、子供が生まれるのに仕事がないから、なんとかしてくれと言い、朝餉《あさげ》まで食べていく。この日の朝餉は浅蜊《あさり》の味噌汁に鰯の丸干し、茄子と油揚の煮物だ。ここでも甚吉は遠慮がなく「丸干し鰯か、好物だ」と言って、手でつかんで食べる（第二章一節）。

幹次郎は十五巻では、三浦屋から目の下一尺五寸（四五センチ）はありそうな真鯛をもらう（第四章三節）。棒手振りの魚屋にさばいてもらい、長屋の皆に配るのだが、汀女は棒手振りには奮発して二朱もあげる。一万円くらいだ。真鯛のせいで鰯が売れない詫び料でもある。汀女先生、太っ腹だ。長屋の者は多くが鰯を買っていたことがわかる。安くて栄養価の高い鰯は庶民の味方ナンバーワンだ。おかずランキングでもダントツの一位である。

鯛は雅《みやび》な方に人気の上魚のスター。一方鰯は庶民に愛される下魚のアイドル。どちらも日本人に欠かせない魚だ。

饅頭、求肥

甚吉とおはつが仲人を依頼するために幹次郎たちに持ってくるのが伊勢屋の花饅頭。この土産を四人で食する。「ふんわりとした米粉の皮に紅色の花が描かれてあった」（七巻第二章二節）とあり、どんなものかイメージできる。本所回向院《えこういん》の前で享保期より売り出されたらしい。

八巻では松平定信の側室のお香と幹次郎、汀女が神田鍛冶町にある丸屋播

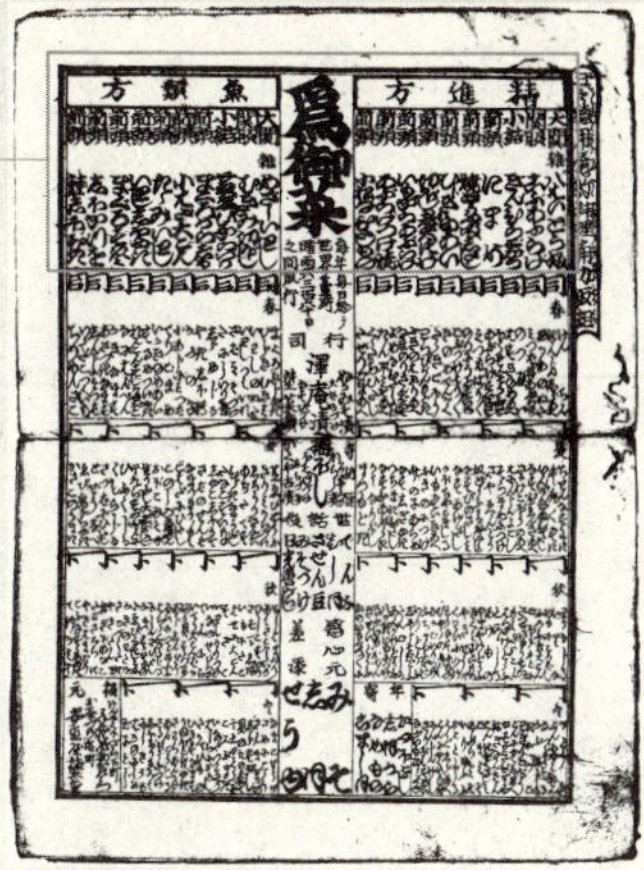

江戸のおかずランキングならぬおかず番付。
『日々徳用倹約料理角力取組』東京都立中央図書館

番付の一番上の段を書き出したもの。
「精進」には野菜のおかず、「魚類」には魚介類のおかずが並ぶ。
鰯は古今問わず、やはり庶民の味方のようだ。

精進の方

大関　八はいどうふ
関脇　こぶあぶらげ
小結　きんぴらごぼう
前頭　にまめ
前頭　焼とうふ吸したじ
前頭　ひじき白あえ
前頭　切ぼし煮つけ
前頭　いもがらあぶらげ
前頭　あぶらげつけ焼
前頭　小松菜ひたしもの

魚類の方

大関　めざしいわし
関脇　むきみ切ぼし
小結　芝えびからいり
前頭　まくろからじる
前頭　小はだ大根
前頭　たたみいわし
前頭　いわし塩やき
前頭　まぐろすき身
前頭　塩かつを
前頭　鰊塩びき

磨の求肥《ぎゅうひ》を味わう（第三章三節）。これは少女時代のお香が大好きだったもので、山口巴屋の玉藻が持たせてくれた。

桜餅はアイディア商品

春の気配を感じると食べたくなるのが桜餅。東京で有名なのは、なんといっても長命寺《ちょうめいじ》の桜餅。歴史が古く、『吉原裏同心』の一巻の第三章二節、三巻の第三章一節、十二巻の第五章四節などに描かれている。三巻では幹次郎と汀女が三囲稲荷社から長命寺への散策を楽しんでいる。

幹次郎と汀女は境内のあちこちに建つ句碑や歌碑をのんびりと見て回り、三囲様にお参りして、吉原の商売繁盛と二人の家内安全を祈願した。
二人はさらに長命寺に回って門前で名物の桜餅を食し、須崎村から寺島村、隅田村へと河畔をそぞろ歩いて、木母寺を訪ねて梅若塚に参り、遅昼を木母寺の門前にあった茶屋で楽しんだ。（第三章一節）

桜餅の包みを提げ、一つパクつきながら向島河岸をそぞろ歩く女性。

歌川豊国（三世）

『江戸自慢三十六興向島堤の花并にさくら餅』

静岡県立中央図書館

長命寺門前の桜餅は享保年間、寺男をしていた新六という男が、桜の葉を塩漬けにして餅を包んで売ったことから名物になったという。さらに、享保年間は吉宗が向島の土手に桜を植えさせたことから桜の名所となり、大いに売れた。

さて、幹次郎と汀女が行った三囲稲荷から長命寺というコースは現代の隅田川七福神めぐりのルートだ。七福神めぐりは文化年間、百花園の園主・佐原鞠《きく》塢《う》が、仲間と話したことをきっかけにつくりあげたといわれている。

墨堤《ぼくてい》の花見や散策に多大な貢献をした吉宗だが、桜餅などの和菓子の普及にも貢献している。江戸前期、砂糖は輸入でしか手に入らない貴重なものだった。ところが吉宗の時代にそれまでポルトガル、中国、オランダの船で運ばれていた砂糖の国内生産が始まったのだ。さらに薩摩が琉球と交易したこともあって砂糖の国内消費量は江戸後期にはぐんぐん伸びていった。

今も人気の桜餅には、ひとりの男の知恵、吉宗の墨堤、砂糖の奨励といった享保期の斬新なアイディアが詰め込まれている。

料理茶屋

料理茶屋は外であらたまった食事のときなどに使った。先に天麩羅の項で「天麩羅屋なんて料理茶屋のようにしゃっちょこばるとこじゃございません」と挙げたが、この女将にとっては料理茶屋はしゃっちょこばるという認識だったのだろう。だが、料理茶屋には別の利用法もあることがわかる。十三巻には会所の番方・仙右衛門がお芳を料理茶屋に連れていく場面がある。

仙右衛門は下谷《したや》茅町《かやちょう》に開店したばかりの季節料理を出す料理茶屋にお芳を連れていった。

京料理を修業してきた料理人が腕を揮う料理茶屋で、竹林の中に数軒の離れ家が点在し、料理と酒を楽しみ、男女の密会の場所にも使われた。

（第一章三節）

お芳は緊張していたものの、初鰹と筍《たけのこ》の木の芽和えでご機嫌となる。

鰻屋の店先。
『職人尽絵詞』国立国会図書館

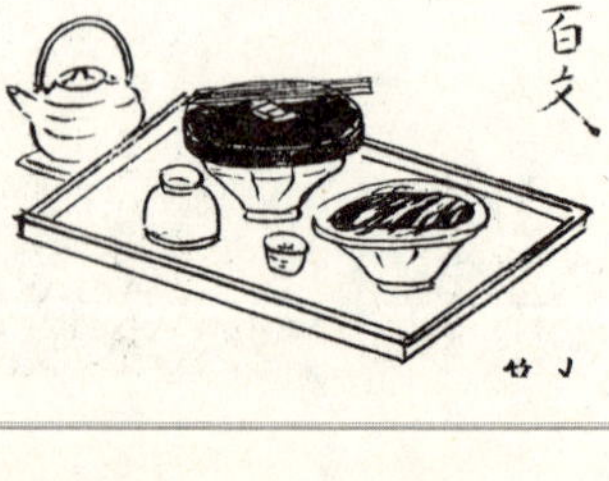

鰻飯。
『守貞謾稿』国立国会図書館

なお、天明には鰻専門の料理茶屋ができ始めたという（『江戸グルメ誕生』）。このときはすでに蒲焼となっていたが、まだご飯の上にのってはいない。

鰻が甘辛い蒲焼となったのは江戸中期からだが、それは銚子《ちょうし》や野田で盛んに醤油がつくられ、味醂や砂糖も安くなったからだ。甘辛を好むニーズによってできた関東の濃口醤油は、江戸の味を決定づけた。

料理屋のルーツは待乳山門前

ところで料理茶屋の始まりとなる料理屋、つまり店舗を構えてセットものの食事をさせる場所は、明暦の大火以前には江戸にはなかったらしい。復興工事のため職人が江戸に流入してきたころに奈良茶飯屋ができたのが始まりとされている（『江戸のファーストフード』大久保洋子）。

奈良茶飯は、明暦の大火後、浅草金竜山《きんりゅうさん》（待乳山）の門前の茶店が初めて茶飯、豆腐汁、煮しめ、煮豆等をセットにして奈良茶と名づけて出したところ江戸中の評判となったものという。一膳飯屋だ。これが受けてあちこちに似たような飯屋ができた。これが進化して料理茶屋になったというわけだ。

川崎にあった、有名な奈良茶飯屋「万年屋」。
『江戸名所図会』国立国会図書館

八百善。『〔江戸高名会亭尽〕〔山〕谷』
国立国会図書館

料理茶屋でもっとも有名なのは新鳥越(山谷)の八百善だ。明和(一七六四〜七二)には深川・洲崎に升屋祝阿弥《しょうおくしゅくあみ》という料理茶屋ができ、豪奢で名高かったが、寛政期になくなった。その後トップに立ったのが八百善で、有名なのは茶づけにまつわる話だ。それに使う水のために玉川まで汲みに行かせたという。

料理茶屋は贅を凝らした料理とぜいたくな空間で富んだ者をもてなした。隅田川沿いで景観を楽しめるところも多く、留守居役などもしだいに頻繁に利用するようになった。吉原から料理茶屋に流れていったともいえるだろう。

吉原、山谷、待乳山、深川の一帯は食文化を考える上でも重要なのである。

御届
画工 永嶋辰五郎
京橋弓町十九番地
出版人 木曽直治郎

第五章◎吉原を彩った飄客たち

永島孟斎『新吉原三浦屋の高尾頼兼君身請の図』（部分）静岡県立中央図書館

貨幣経済あっての吉原

江戸時代は町人が力を持った時代である。

身分制度の上では士農工商というものがあったとされるが、貨幣経済の発達に伴い、実際には町人がめきめき金を稼いでいた。

扶持《ふち》が決まっている武士に比べ、商人は己の才覚で稼ぎ幅を広げることができる。またばりばり稼ぐ人間は幕府にとっても収入の源となり、おろそかにはできない。幕府の要人は、大商人とつるんで自らの力を強めもした。

吉原は豪奢な遊び場所。時代時代の客種を見ると、どの時代にどのような人物たちが力と金を持っていたかがわかる。

一方、客と接している遊女たちにとっても、金を稼ぐことは大事だが、それ以外に大事にしていたものも見えてくる。そして客もまたそのことを理解して振る舞っていたふしがある。その中からは、日本人の矜持《きようじ》や美意識もうかがえそうだ。

一——飄客と遊女

江戸初期は武士が牽引

四代将軍家綱《いえつな》のころになると、江戸の社会状況も落ち着いてきた。この時代に政治経済を主導していたのは上級武士だったため、吉原の上客は彼らだった。客は揚屋に遊女を呼び遊んだが、当時の最高級のランクである太夫は容色すぐれ、教養深く、まるで貴人のようで、とても庶民には手が届かなかった。

大名は、享保あたりまではその存在感を示した。姫路藩三代目の藩主・榊原政岑《まさみね》が三浦屋の高尾太夫を身請けしたのが寛保元年（一七四一）とされている。

さらに家綱の治世には旗本 奴《やっこ》の存在も目立った。旗本奴とは男伊達《おとこだて》と称する旗本衆のことで、奇抜な衣装で町を練り歩き、町奴などと始終もめ事を起こしていた。いわばエネルギーを持て余していた若者たちで、吉原では羽振りがよかった。

元禄からは大商人が台頭

元禄には大名や旗本の遊里への遊興が戒められ、その一方で浮世絵や芝居が町人の手に届くようになり、町人が文化を楽しみだした。まだまだ上方《かみがた》の文化の影響はあったものの、江戸がオリジナルの文化を開花させようとしていた時代でもある。

このころ豪商として名をあげたのが紀伊国屋文左衛門と奈良屋茂左衛門《ならやもざえもん》。二人とも幕府に密着した材木商として巨万の富を築き、吉原で豪遊した。紀文《きぶん》は揚屋で小粒金の豆撒きをしたと伝えられているし、大門を閉めて吉原中を借り切ったという伝説も残されている。いささか下品にも思えるが、たくましいエネルギーがまぶしい。彼らにそれができたのは、吉原が「士農工商」の身分に縛られない場所だったからだろう。

勤番侍は敬遠された

勤番侍などは、吉原ではおおかた嫌われた。大門内は階級などなにほどのこともないのに、やたらプライドが高かったからだ。

参勤交代で江戸に来た勤番侍はひとり身で江戸に出てくることが多いため、吉原に来ることもあったが、さほど金があるわけではない。金払いが悪い上に要求が多く、武士のプライドを鼻にかけるのでは好かれるはずもない。着物の裏地から「浅黄裏《あさぎうら》」とバカにされた。

留守居役は上得意

武士でも上級の留守居役《るすいやく》は上客とされた。各藩の留守居役はいわば外交官のようなもので、情報交換のため、各藩や幕府の要職者とさまざまな会合をする。自腹ではなく藩で費用をもってくれるため金子は潤沢だ。また商人が利権を狙《ねら》って招待し豪遊をさせることもあった。特に明和、安永、天明といった田沼時代は賄賂政治が盛んで、留守居役は商人から過分な接待を受けた。ただしこうした自腹を切らない遊び方では遊女にモテたかどうかはあやしい。

ただ江戸中期以降は料理茶屋が繁栄したことにより、留守居役の中にはそちらに流れる者も多くなった。料理茶屋では食事だけでなく庭を整え、景観に気を配り、芸者を呼んで座を盛り上げた。

時代を謳歌した札差

明和、安永、天明（一七六四〜八九）は金貸しが力を得た。中でも検校《けんぎょう》と札差《ふださし》が有名だ。検校とは盲官の最高の位で、箏曲《そうきょく》に優れた者が多かったが、金貸しもできたので、蓄財も可能だった。烏山《からすやま》検校が松葉屋の瀬川を身請けしたのも安永のことだ。金額は一四〇〇両とも一五〇〇両ともいわれる。

札差もまた一種の金貸しだ。旗本や御家人は知行地がないため、幕府から蔵米（俸禄米）の支給を受けていた。米蔵は今の都営浅草線「蔵前」駅の東側にあり、旗本や御家人たちは十月に二分の一、二月と五月に四分の一を受け取り、自分たちで食べる分以外は売って現金化した。その米の受け取り

札差。黒地の羽織を重ね着し、チラリと豪華な襦袢《じゅばん》も覗く。粋な恰好で「通人」と呼ばれた。

の代理人となったのが札差。支給先の名前が記されていた札を竹串に挟んで俵に差し込んだことからそう呼ばれた。

札差に頼むと便利なため、しだいに換金化を託す武士が増えていった。すると本来なら手数料を受け取るだけのはずの札差が、金に困る旗本や御家人に金を貸すようになり、富を築いていった。担保は御家人たちの来年、再来年の米である。

《コラム》

札差の権勢

『吉原裏同心』13巻第1章4節では、武家の用人と札差の番頭とのやりとりがある。この武家では、4年先の禄米まで担保に入れ金を借りているが、長女が嫁に行くのでなんとか夏季の分を半分でも金子でくれないかと哀願する。番頭はけんもほろろ。ついていた若侍が無礼だと刀に手をかけるが、そこへ出てくるのが札差が雇う用心棒。武士と渡り合う札差は荒っぽいことも厭わず、度胸も必要だった。

14巻では幕府が札差に棄捐《きえん》令《れい》を発することで吉原も影響が出ると悩む。棄捐令とは、旗本や御家人の借金を帳消しにすること。天明4年以前の貸し付けをすべて帳消しにすることや、今後の年利を引き下げることが含まれ、札差にとっては大打撃。札差は吉原にとっては大得意なだけに、札差組合と会所で対策を練ることになる。

札差たちがわが世の春を謳歌したのは、明和から天明のころである。

十八大通とは

通人とは趣味のよい人という意味だ。十八大通《じゅうはちだいつう》とは明和・安永から天明まで世間でもてはやされた通人たちのことを指す。誰が該当するのかは必ずしもはっきりしておらず、二十〜三十人の名が挙げられている（十八人という説もある）。ただその中には札差がかなりの数含まれていることがわかっている。

中でも大口屋暁雨《おおぐちやぎょうう》はそのファッションやふるまいがもてはやされた代表格。黒小袖小口の紋付を着流し、鮫鞘《さめざや》の一腰で大門に入ると「福の神さまがいらっしゃった」と仲之町の茶屋の女房たちがわめきたてたという。吉原にとってはまさに福の神だったのだろう。この暁雨、『吉原裏同心』の十四巻に登場している。

札差の暁雨と並んで有名なのは大和屋文魚《ぶんぎょ》。河東節《かとうぶし》を好み、髪は本多くずし。子分らも文魚本多としてこぞってこの髪型にしたという。河東節とは三味線の連続弾きを多くして、掛け声を出すもので、江戸の心意気を表すものとされた。

商家の息子

若旦那と呼ばれた商家の息子も吉原に通った。やがては接待などで使う必要もあり、仲間同士で行くこともあった。あまり堅物だと仕事にさしさわりがあるので、少しは世情を知っておく必要もあったのだろう。堅物の商家の若旦那・時次郎が吉原の美女にはまってしまう話が落語の「明烏《あけがらす》」。敵娼も時次郎の初々しさにぞっこん。もともとは時次郎の親に頼まれた遊び人の二人が、御稲荷さんに参詣に行こうと嘘をついて時次郎を連れだすのがコトの始まり。

また、人情本『春告鳥』（前出）の鳥雅《ちょうが》は商家の次男で若隠居。こちらはいささか退廃を身につけている。

大店の若旦那ならとりはぐれはないし、粗野ではないし、育ちもいい。見世にとっても遊女にとってもよい客だったのだろう。

文人と僧侶

吉原と文人とのかかわりは深い。吉原は一種サロン的な役割も果たしていた

妓楼でおどけてみせている僧侶の客。

『北里十二時』国立国会図書館

からだ。宝井其角《たからいきかく》や大田南畝《おおたなんぽ》、山東京伝などが有名だ。大田南畝は遊女を身請けし、山東京伝は二人の遊女を妻に迎えている。ひとりは年季明けの女で、彼女が死んでから数年後、今度は身請けした女を後妻にした。二人とも聡明な妻だったと伝えられている。

また、上野・浅草一帯は寺が多かったことから、僧侶の客も多かった。僧侶は女犯が禁じられていたため、吉原通いは御法度。そのため船宿で法衣《ほうえ》を黒羽織などに替えて医者の姿となり、大門をくぐった。医者は剃髪や束髪が多かったため、剃髪の僧侶は医者になりすましやすかったのだ。

髷とファッション——遊里でモテるためには？

明和から天明にかけて大フィーバーとなり、実にさまざまなヴァリエーションができた髷が本多。この時期の吉原通いには外せない髷だ。本多髷とは本多忠勝《ただかつ》の家中から始まったとされるが、月代《さかやき》を広くして髷を高く結う髪型である。

安永に刊行された黄表紙『金々先生栄花夢《きんきんせんせいえいがのゆめ》』（恋川春町）は、金兵衛という男が夢で分限者の養子となって家督を継ぎ、日ごと酒宴を楽しみ、吉原通いや深

右が、吉原通いをする金々先生。

『金々先生栄花夢』国立国会図書館

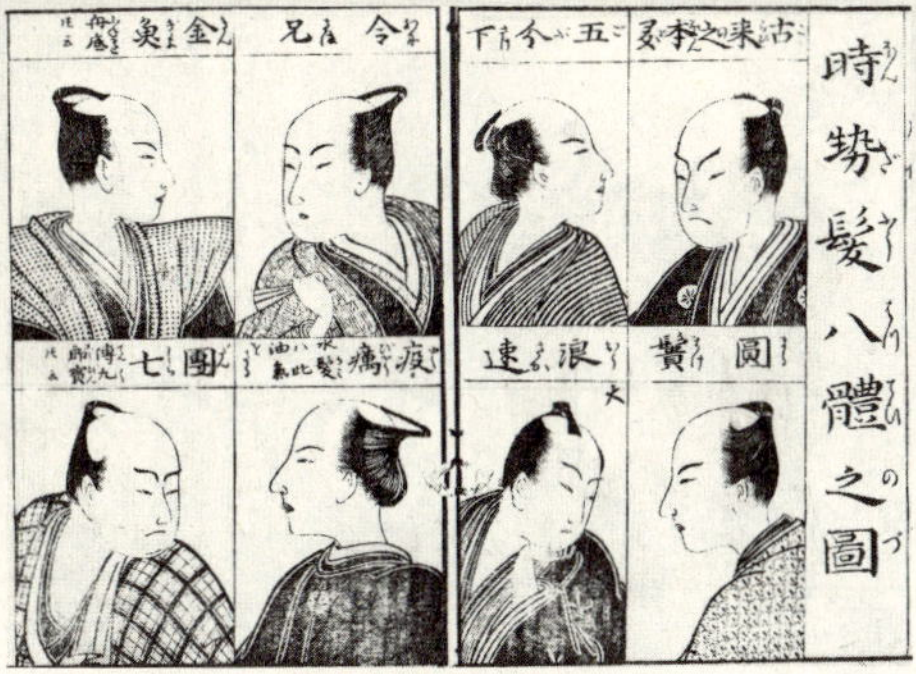

本多髷の結い方八種が描かれている。
『当世風俗通』国立国会図書館

川通いに精を出す。酒宴のときは、中剃りを鬢《びん》のあたりまで剃り、髪の毛をねずみの尻尾《しっぽ》くらいにして本多に結っていたとあり、髷をかなり細くしていることがわかる。ついでに記すと、着物は黒羽二重ずくめ、帯はビロードまたは博多織で、黒が粋だとされて流行っていたことがわかる。

金々先生の吉原通いの際のファッションは、八丈八端《はちじょうはったん》の羽織、縞縮緬の小袖、役者染の下着に頭巾をかぶっている。八端とは八丈の中でも地に綾があるもの。縞も人気があったようで、黄表紙に多く描かれている。

『色道大鏡』によると、無地の染色《そめいろ》は黒

を最上にし、茶を次にするという。黒と茶は何度着ても目立たず、みかけによいとのこと。人も齢も嫌わないので、男服《なんふく》には至極の色だともいう。現代人にも通じるアドバイスだ。

また江戸後期は、茶、鼠色、紺などのヴァリエーションが増え、「四十八茶百鼠」などという言葉も生まれた。これは奢侈禁止令により、着物の素材や色に制限が設けられたためという説や、おしゃれが進化したためという説などがある。

なお、吉原の客はいかにもおろしたての真新しい編笠や扇は野暮とされた。『色道大鏡』では、扇について「二、三度持った後、一両度はさすべし」と言っている。

居続けと居残り

泊まりの客でも一晩過ごしたら明け方に帰るのが普通だが、それを越えて何日も留《とど》まる客もあり、それを居続けといった。大商人の息子などはとりはぐれがないため、よい客になる。そのため遊女は口説《くぜつ》を尽くしてなるべく居させよ

朝になっても帰らない「居続け」の客。遊女は湯を沸かし、眠そうにも見える禿が客のためにうがい用の鉢を運んでいる。

『北里十二時』国立国会図書館

うとする。

一方、金が払えない客は金が払えるようになるまで見世に留めておく。これが居残り。

吉原の初期のころは「桶伏せ《おけぶ》」というものがあった。客に逆さにした桶をかぶせ、顔の部分だけは桶を切り取って外から見えるようにしておく。そうして金が届くまで外に置かれてさらし者にされた。

伏勢

客が馴染みの遊女に内緒で他の遊女と通じるのは吉原では御法度とされている。もしそのようなケースが生じた際には馴染みの遊女は朝、大門で帰りの客を禿などとともに待ち構えて捕える。これを伏勢《ふせぜい》と言った。

客は金を渡し、事態の収拾を図ることになる。これも吉原の初期に行われたようだ。

二――あなたと道連れに

心中立て

よい遊女とは一に顔がよいこと、二に床上手、三に客あしらいがうまいことだという。

客あしらいは客に「また来たい」と思わせるように言葉巧みに訴える技で、手紙や口説で表した。さらに「あなただけ」と義理立てすることを「心中立て」と言った。

『吉原裏同心』の五巻では、心中立てには六つあると四郎兵衛が幹次郎に語っている。その六つとは、放爪《ほうそう》、誓詞《せいし》、入墨《いれずみ》、切指、断髪、貫肉《かんにく》で、よく行われるのは誓詞、入墨、切指だという（第二章三節）。

◆**誓詞**……これは遊女が相手への誓いを立てる起請文《きしょうもん》のこと。熊野神社の牛《ご》王宝印《おうほういん》という護符の裏を使うことが多かった。そうすることで熊野権現に誓いを立てることになるからだ。内容は〝親きょうだいに何と言われようとも夫婦になる約束をたがえる気はない、約束を破れば神罰を受けても構わない〟などというもので、自分の名前を記した下の部分や文面中に、右の薬指の血を塗ることもあった。落語の「三枚起請」は、同じ遊女から起請文を渡された三人の男が、遊女をとっちめようとしたところ、思わぬ応酬を受けるという話だ。

◆**入墨**……相手への誠意を証し、心変わりがないことを示すために、二の腕などに「〇〇サマ命」などと入墨をした。客との関係が終了して入墨を消したい場合には、灸《きゅう》を据えて文字をわからなくした。墨でさも入墨のように書くこともあったようだ。

◆**切指**……小指を第一関節より上で切り、相手に与えるやり方。しかし実際に行った例はいかほどあったのだろうか。偽物の指を作って与えることもあったというから、こちらのほうが圧倒的に多かっただろう。

浮気客への扱い。髪が遊女風に結われ、顔に落書きされて笑いものにされている客。浮気がバレ、見せしめにされているのだ。

『吉原青楼年中行事』国立国会図書館

◆**放爪、断髪、貫肉**……放爪とは爪を剝《は》がして客に与えること。断髪は髪を切って相手に与えることで、男が直接女の髪を切ることが多かった。貫肉は腕や足など肉体の一部を刃物で刺し貫くことで、これもハードだ。『好色一代男』（井原西鶴）では、主人公の世之介が、二人の男が棺桶を掘り起こしている場面に出くわす。男たちは美女の土葬を掘り起こして黒髪や爪を剝ぎ取り、上方《かみがた》の廓に売るのだという。これは上方の話だが、遊女は自分の髪や爪は惚れている男に渡し、他の大尽客へは偽物を渡すらしい。世之介は「そういう場合は目の前で切らせなさい」などと妙なアドバイスを受ける。

『吉原裏同心』の五巻で、四郎兵衛は「心中立ては真の心中ではありません、まあ、一種の遊びです。だが、遊びであるがゆえに客は一人の遊女の下へ通い、この掟を守ります」（第二章三節）と幹次郎に語るが、互いにルールがあるほうがより楽しめる。偽物の指をもらった客も、偽物と知りつつ楽しんでいたのだろう。

客は客自身に惚れる？

江戸期にはどうしたら飄客を惹《ひ》きつけられるか、また、客はどうしたら通になれるかという指南書が刊行された。男女のつきあいの機微《きび》がわかって面白いが、中でも興味深いものを挙げてみる。

たとえば『傾城秘書』では遊女が七つのタイプの客を例にして接客心得を説いている。通底するのは「客を自分（遊女）に惚れさせようとするな。むしろ客を客自身に惚れさせることで関わりが深くなる」というものだ。

芸事を好む芸自慢の客なら「芸に惚れた」と言えば、〝この女は見る目がある〟と思われ、こっちのもの。男自慢の客なら「あなたのような美しい方と一緒にいられれば銭も金もいらない」と言えば、男は〝なるほど、俺はよっぽどいい男か〟と思い、気分よくしげしげと通ってくる。学問好きの客ならば、その気性や知識の豊富さを褒め、「あなたのような物知りの方のそばにいてそういう話を聞いていると心が広くなります」と語る。気が大きい男なら「あなたのような器量の大きいお方なら、親たちもお世話になれて安心です」と言い、けちな客には「つましくてよいです。私は家の中のこともできます」と言う。そうすると〝なるほど、俺のような始末のいい男が好きなのか〟としげしげやってくる。

通人にも金持ちにもそれぞれに応じて持ち上げるのだが、男は誰でも〝自分のよいところをこの女はわかってくれている〟とよい気分になり、しげしげと通うことになる。最高の口説かもしれない。

一方、客が通人になるための振る舞いや心得を説いたのが『色道大鏡』や『大通伝』。『大通伝』では、客は遊女についてあまり詮索しないようにと説いている。「遊女の身の上に疵《きず》があっても知らぬ顔がよい。その場の興がさめることもある」とあり、また「夜は人の気が陰になるため、ふと死のうかと心中の相談が行われる。いま一日、分別するべきだ」とも書かれている。

遊女になるくらいだから女たちの身の上は恵まれたものではない。そのことを遊女も客も知った上で知らぬ気《げ》に付き合う。そうした互いの理解の上に遊里はあった。

人はともすると自分はこんなに不幸だと訴えたくなるが、その思いを口にしない潔さと凛然とした精神の美しさを、江戸期の人は備えていた。

真の通人とは

吉原通いをする者にとって通人になることは憧れだった。ではどのようにすれば通人になれるかだが、『吉原大全』には以下のようにある。

女郎買いは意気地《いくじ》を覚えるのが肝要だが、まず無駄金をたくさん使わなければ佳境には入り難い。男ぶりがよく、心に洒落があって金銀も自由になるという三点を備えてこそ真の買い手というものだ。また、名の通った意気人には女郎は惚れるものだ。女郎を騙し、すかすなどのさもしい手を使う者は真の通人ではない。意気地とは心がさっぱりしていて嫌味がなく、寛大で洒落を表とし、実を裏とし、風流をもって遊ぶのを真の通人という。

概略を記してみたが、通人になるのは容易ではなさそうだ。金をかけて失敗し、さりげなさの裏で実を身につけてゆく過程に意味があるのかもしれない。

三――吉原十大伝説

吉原の客と遊女をめぐっては、真偽は別にしてさまざまなエピソードが伝えられている。有名人物についてのエピソードや刃傷《にんじょう》沙汰、さらには遊女の気骨が盛り込まれたものもある。十点ほど挙げてみよう。

◉**【宮本武蔵と雲井】寛永のころ**

雲井《くもい》は河合権左衛門抱えの局女郎で、宮本武蔵がしばしば通っていた。寛永十五年（一六三八）、前年に起きた島原の乱をおさめるため、幕府は西国の大名に命じて現地へ向かわせた。武蔵も黒田家に仕え見廻り役として島原へ赴《おもむ》くこととなった。そこで武蔵は雲井に縮緬の袋を作ってもらい、指物《さしもの》用のへら二本を打違いにしてその袋を掛けたという。また雲井が着ていた小袖を裏に付けた黒繻子の陣羽織で馬に乗り、さっそうと出陣したとも言われている。まだまだ武張《ぶば》っていた時代を思わせる。

◉【勝山】承応・明暦のころ

勝山は山本芳順の抱え。もともとは湯女で、湯女取締令のため承応二年（一六五三）、元吉原の遊女になったと言われている。元吉原では斬新な髷を工夫し、揚屋入りしたが、その髷は勝山髷と言われ、一大ブームとなった。武家の妻女を思わせる髪型である。

湯屋にいたころから売れっ子で、女歌舞伎の真似などして小唄をうたう風情にみなが見惚《みと》れたという。男たちにとっては憧れの存在だった。

また思い切りのよい外八文字を始めたこと、丹前《たんぜん》を着用したことなども有名で、流行をつくり出す初期の吉原の象徴でもある。

美貌も並ぶ者がなかったといわれ、能書家でもあった。

◉【高尾と仙台藩主】万治のころ

三浦屋で代々受け継がれてきた名跡が高尾太夫《たかおだゆう》だ。何代まで続いたかは定かではなく、七代、八代、十一代など諸説ある。その中でも特に有名なのが三代目（二代目という説もある）高尾。俗に仙台高尾と呼ばれる。この高尾は仙台藩主・伊達綱宗《つなむね》（政宗の孫）に身請けされたといわれている。しかし太夫は綱宗の思いを受け入れることはなく、腹を立てた綱宗に船上で惨殺されたと伝えられている。ただし真偽ははっきりしていない。綱宗は勝山が湯女だったころに通ったという説もある。

　この高尾の身請けの様子は、伝説として浮世絵に描かれている。高尾と身請け金の小判を天秤に掛け、高尾の体重と同じ重さの小判で身請けしたという豪快さだ（章扉絵『新吉原三浦屋の高尾頼兼君身請の図』参照）。

◉**【佐香穂と若侍】正保のころ（一説に正徳とも）**

　佐香穂は並木源左衛門の抱え。ある夜髪を切って吉原を出て（いわゆる足抜）奉行のところに行き、「前から尼になりたいと願っていたので、抱え主に暇を出すように言ってほしい」と頼んだ。源左衛門は、あと一年年季が残っているけれどこれまでよく働いてくれたから、と快く許した。

実は佐香穂は、馴染み客の一人の若侍に心を寄せていたものの、彼は死んでしまい、尼になろうとしたのだった。彼は殉死だったという。楼主の人情と遊女の一途《いちず》さが心に残る。

◉【小紫と平井権八】延宝のころ

小紫《こむらさき》は三浦屋で三代目まで続いた名跡。

《コラム》

人質事件

『吉原裏同心』5巻第4章では、遊女にコケにされたということで、元力士が仲之町で禿を人質にとり、首に包丁を突きつける事件が起こる。そしてかつての敵娼を呼んでこいと血走った目でわめくのだ。

騒ぎを見物する野次馬たちは、けっこう無責任なことを言っている。

禿を助けるのが、幹次郎と、身代わりの左吉という男。左吉は幹次郎の知り合いで、もめ事の身代わりを立てる仕事で生計を立てている。

吉原では金の切れ目が縁の切れ目だが、客を怒らせないように対応するのも遊女の仕事のひとつだ。それを教えるのが遣り手や番頭。こうした遊女への教育が見世の評価を左右する。

歌舞伎になった小紫と権八の悲恋。
月岡芳年『新撰東錦絵　小紫比翼塚之話』国立国会図書館

二代目小紫は平井権八と言い交わしていたが、権八は強盗をやり、捕まって鈴ケ森で処刑されてしまう。一方の小紫は三浦屋で働き続け、やがて富豪に身請けされる。しかしその当日、権八の墓前で自害した。気の毒に思った人の尽力で比翼塚が建てられたという。一途な女心が切なく、歌舞伎「浮世柄比翼稲妻《うきよづかひよくのいなづま》」のモデルとなった。

◉【あげ巻と助六】元禄のころ

あげ巻と助六についてはいくつかの説があるが、『吉原大全』には以下のように記されている。

助六と替名をした札差が三浦屋のあげ巻と親密になっていた。彼は男伊達で喧嘩口論やむところがなかった。そんな中、田中三右衛門という者があげ巻に馴染み、しばしば通ったが、助六に心を寄せていたあげ巻はつれなかった。そのため三右衛門は助六を恨み、闇討ちにしようと謀る。しかし助六が日ごろから目をかけていた太鼓持ちが助六にそのことを告げたため、助六は日本堤で大勢を叩きのめした。その後も三右衛門はさんざん助六に喧嘩をしかけ、日本堤は騒がしくなった。
歌舞伎の「助六」のモデルは大口屋暁雨とする説もある。

◉【立て籠もり事件】寛永のころ

高嶋屋清左衛門の抱えでかつらという遊女がいた。揚屋に浪人ら四人と力士一人が上がって遊興し、かつらが相手をした。しかし客が無理ばかり言うので、途中でかつらが帰ってしまった。それを知った客は怒り出し、立て籠《こ》もってしまった。かつらが謝っても聞かず、座敷まで来いという。やがて与力の、おとなしく退散するなら逃がすとの甘言に乗り、出て来たところを捕縛された。その際、力士が小柄《こづか》で同心を突き刺した。大変な騒動となった。

◉【百人斬り事件】元禄のころ

野州の次郎左衛門が兵庫屋庄右衛門抱えの遊女八橋を茶屋の二階で惨殺し、その後立て籠もり、数人を負傷させた。いくら熱心に言い寄っても言い交わした相手がいる八橋がつれなかったためと言われている。この事件を元にして作

歌舞伎で演じられる次郎左衛門の刃傷沙汰。
豊原国周『籠釣瓶花街酔醒』国立国会図書館

られたのが、歌舞伎「籠釣瓶花街酔醒《かごつるべさとのえいざめ》」。明治に入っての演目である。

◉【香久山とある男】

香久山は西村庄助のところの太夫。ある日、庄助方へ田舎じみた三十四、五の男がやってきた。田舎で香久山の噂を聞き、ついでがあったのでやってきたとのこと。やがて香久山が揚屋から帰ってきて、手ずから茶を出し、酒でもてなした。すると男は伽羅の割木二本を焚いて燗にした。その客が帰ったあとで、もったいないからと女将が伽羅を取り上げようとするが、香久山はそれを制し、「あの人は田舎人のように振る舞ってはいたが、殿さまがいたずらで来たのかもしれない。それならそのままにしておきましょう」と言った。伽羅の香りは五町の外まで香ったという。二カ月ばかり後、金持ちの町人がやってきて身請けしていったが、実は町人ではなかったという。香久山の器量がわかる話だ。

◉【三浦の意気地】

三浦は三浦屋の太夫だったが、新造のころより斗南《となん》という客と馴染んでいた。

そんな中、甲斐国より清右衛門というお大尽が大金を使って三浦の客となった。清右衛門は斗南のことを知って手を切れという。三浦は表向きは手を切ったように見せかけるが、その実切れておらず、それを知った清右衛門が責めるところ答えた。「虚言を言うのは遊女の習いで務めとしてそう言わざるをえない。しかも斗南には新造のころからの義理がある。あなたには大恩はあるけれど、それになびいて欲にほだされたと人にそしられるのも恥ずかしい。傾城の身は色を売り、恨を得るが、欲のために勤めはせず、色の意気地がなくてはこの里にいても暗闇である」と。

清右衛門は一旦は腹を立てて他の女に馴染んだものの、無念忍び難く、あるとき揚屋に三浦がいると聞き、抜き刀を引き下げて切り込んだ。しかし三浦は少しも恐れない。しかたなく清右衛門は帰っていった。

三浦は金に転ばぬ吉原の「意気地」というものを今に伝えている。

四――仮宅と吉原の変化

火事と仮宅

「火事と喧嘩は江戸の華」といわれる。火事の後は特需が生まれ、景気が上向きになる。だから江戸の町は火災を繰り返すたびに大きくなっていった。

吉原も類焼を受けるなどして何度も焼け出され、その度に再建を繰り返してきた。火災は元吉原の時代から二百数十年の間で二十数回、新吉原に移ってからも全焼の回数は十八回という多さだ。

『吉原裏同心』八巻のラストでは、吉原は火災に遭い全焼する。そして九巻では妓楼が仮宅《かりたく》に移って営業し、再建を目指す様が描かれている。

仮宅とは、火事で全焼した場合、再建までの一定期間、他の場所を借りて営業することで、期間は三百日くらいから長くて七百日。

仮宅は、元吉原が新吉原に移転する準備をしていた明暦三年（一六五七）、大火で類焼し、新鳥越、山谷、今戸で営業したことに始まる。浅草寺裏に移ってからは延宝四年（一六七六）に廓が全焼した際、山谷や三ノ輪に移ったことが最初らしいが、期間は不明。期間がわかっているのは明和五年（一七六八）四月六日の火事で、百日に限って行われてからだ。このときは山谷、今戸、橋場などで営業した。

吉原における火災発生年次の表
（『吉原と島原』より）

	年次	間隔（年目）	
類	1630		元吉原
類	1640	10	
全	1645	5	
類	1654	9	
類	1657	3	
全 自	1676	19	以下新吉原
全 自	1768	92	
全 自	1771	3	
全 類	1772	1	
自放	1781	9	
全 自	1784	3	
全 自	1787	3	
全 自	1794	7	
飛	1800	6	
全 飛	1812	12	
自	1816	4	
全 自	1824	8	
全 自	1835	11	
全 自	1837	2	
全 自放	1845	8	
全 他	1855	10	
全 自放	1860	5	
全 自	1862	2	
全 仮	1864	2	
全 自	1864	0（年２回）	
全 仮	1866	2	
自 放	1866	0（年２回）	

＊全＝全焼、類＝類焼、自＝廓内が火元、放＝放火、飛＝飛火、他＝地震による火災、仮＝仮宅の火災。

妓楼には利益増のチャンス

仮宅は、張見世をしないことも多いし、茶屋を通すことも必要としない。吉原独特のしきたりをゆるくしたため、客は手軽に遊ぶことができ人気を集めた。

『吉原裏同心』に描かれた火災は天明七年（一七八七）の十一月。史実ではこの年の十一月九日、角町五郎兵衛方より出火し、仮宅は両国、中洲、深川、高輪になったようだ。この間、中洲での仮宅は後の語り草になるほど繁盛した。家賃は高かったものの、格式ばる必要がないため経費は大幅に抑えられたし、安価でカジュアルとあって客がたくさんやってきたのだ。結果として儲かる妓楼が多かった。

遊女たちにとっても、日ごろなかなか大門外に出られない吉原と違って開放的な気分になれ、散歩なども楽しむことができた。九巻の第一章三節によると、この折の営業期間は五百日。もっと仮宅が続くよう願った楼主もいただろう。

にぎわう仮宅。客が「鯰《なまず》」。地震で潤った職人たちが地震を引き起こした鯰を歓待するという諷刺画になっている。
『江戸大地震之絵図　当世仮宅遊』国立国会図書館

仮宅には陰の面も

客が多いということは、遊女たちが酷使されることと裏表でもある。楼主の中には、このときとばかりに、ガンガン稼がせたあこぎな者も現れた。

『吉原裏同心』六巻（第三章三節）に興味深い記述がある。かつて吉原にあった喜扇楼という中見世が、明和のとき、仮宅になったのをいいことに、遊女たちを死ぬまで働かせるようなやり方をしたという。遊女たちが死ぬと、岡場所からいくらでも女たちを補充し、彼女たちにも次々と客をとらせていた。だから、吉原の総代は、再建が成っても喜扇楼が吉原に戻ることを許さなかったという。

吉原の火事の原因には、遊女が毎日の辛《つら》さに耐えかねて火を放つこともあった。その結果、さらに劣悪な労働環境を引き起こすこともあったのだから皮肉でもあり、悲劇でもある。

一方、吉原にとっても儲かると喜んでばかりもいられない。力のない見世は不便な場所での商売を余儀なくされるし、これまでと違ったやりかたのため、客が離れてしまって経営が悪化することもある。さらに吉原独特のもてなしを

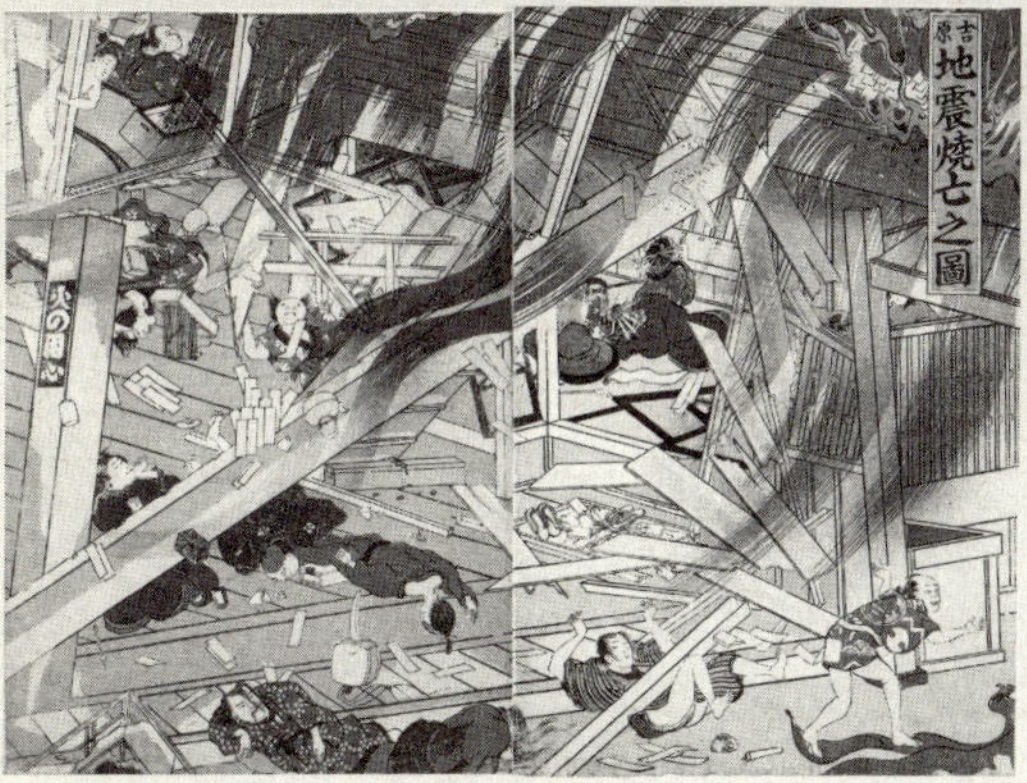

明暦の大火が襲う吉原の様子を描く絵。裸の遊女が被災し、右往左往する姿も見える。
『江戸大地震之絵図　吉原地震焼亡之図』国立国会図書館

せずに大衆化に合わせるということは、権威を捨てるということでもある。

人々は吉原という複雑なしきたりを持つ世界をそれなりに尊重し、ありがたがってもいた。ところが単なる岡場所と大差ないとなれば、ありがたみも薄れてしまう。仮宅のカジュアルさは吉原マジックの効力を薄れさせる方向にも働いたのである。

また茶屋にとっては、妓楼に客を送り込めないので苦境に立たされた。

そうした中、競争力をつけてきたのが深川だった。

ライバル深川

官許の遊廓は西に目を転じれば、京都の島原、大坂の新地があったが、江戸では吉原だけだった。それ以外の遊里は江戸では岡場所と呼ばれた。この呼称については諸説あり、苦海（界）に対して陸《りく》＝岡という説や、岡（傍）《おか》目八目の岡＝傍《よそ》という意味などが知られている。

岡場所として有名なのは深川や根津。中でも深川は『吉原裏同心』でも吉原の手ごわいライバルとして存在感を示している。深川は寛永四年（一六二七）

気風《きっぷ》のよい着こなしの深川芸者。
五渡亭国貞『東都辰巳』国立国会図書館

に富岡八幡宮が建てられてからというもの、門前町として栄えてきたが、元禄十一年（一六九八）に永代橋が大川（隅田川）に架橋されると一層のにぎわいをみせ、私娼も増えていった。

また、吉原の芸者は客をとることは禁じられていたが、深川芸者の中には客をとる者もいて、こうした者は「二枚看板」と言われた。一方、芸だけを売る芸者は「一枚看板」と言われた。

深川芸者は羽織を着ることが多く、羽織芸者とも呼ばれたが、これはマニッシュであろうとしたためとも、女芸者の取り締まりを逃れるためとも言われている。実際深川はしばしば取り締まりを受け、特に宝暦、寛政、天保には弾圧を受けたが、その都度盛り返している。深川は江戸城の辰巳《たつみ》（東南）の方角にあるため、辰巳芸者とも呼ばれた。

四宿

江戸の遊里としてもうひとつ忘れてはならないのは宿場である。品川、内藤新宿、千住、板橋は四宿《ししゅく》と呼ばれ、飯盛女《めしもりおんな》と呼ばれた私娼が置かれており、

飯盛女たち。
渓斎英泉『木曾街道六拾九次　第十　岐阻街道深谷之駅』
国立国会図書館

準公娼とされた。幕府はしばしば取り締まりを行ったが、宿場が廃《すた》れることを恐れて徹底することはなく、飯盛女の人数制限をするなどにとどまった。

四宿の中でも一番格上は品川で、ここは東海道を行き来する人が通る交通の要所だった。また上方からの文化の流入地点でもあった。次点に位置するのは内藤新宿で、ここには青梅街道があり、甲州街道にも続いている。千住はさらに一段落ちるが、日光街道と奥州街道の玄関口となっている。ただし近くに吉原があるので、金があり雰囲気を大事にしたい客は吉原に行っただろう。板橋は中山道に向かう宿場で田畑が多く、洗練されてはいなかった。

こうした場所は吉原のような煩雑な手続きはいらず、気軽に遊ぶことができた。

吉原の粋

吉原は江戸期の後半になると、しだいに他の岡場所との違いを縮小させるようになり、幕末になると揚代をディスカウントするところも現れた。そして有効な手立てを見出せないまま明治維新を迎える。

吉原が絢爛たる光を放っていたのはやはり江戸時代だろう。中でも幹次郎が活躍した天明〜寛政期は黄表紙や洒落本が流行り、遊びがぐっと洗練された。食のエンターテインメント化が目立ち始めたのもこのころだ。

ただ人々は単に気晴らしに遊んだのではなく、遊びをつきつめようとしていた。ルールを楽しみ、真剣に遊んだのだ。そうした〝つきつめる〟気質は現代人にも一部流れている。遊びをひとつの道にまで極めるのは日本人の特質だろう。

吉原では客にもルールを求めた。そしてその提供の担い手となる遊女たちには客とは比較にならない厳しい掟が課せられた。

幹次郎は会所に雇われる身で、形としては会所側に位置する。けれども掟を守らせることが、彼女たち自身のためになることも理解している。そして汀女とともに遊女たちの命と暮らしを守り、幸せになってほしいと日々願っている。その思いは読者の胸にも熱く伝わってくる。

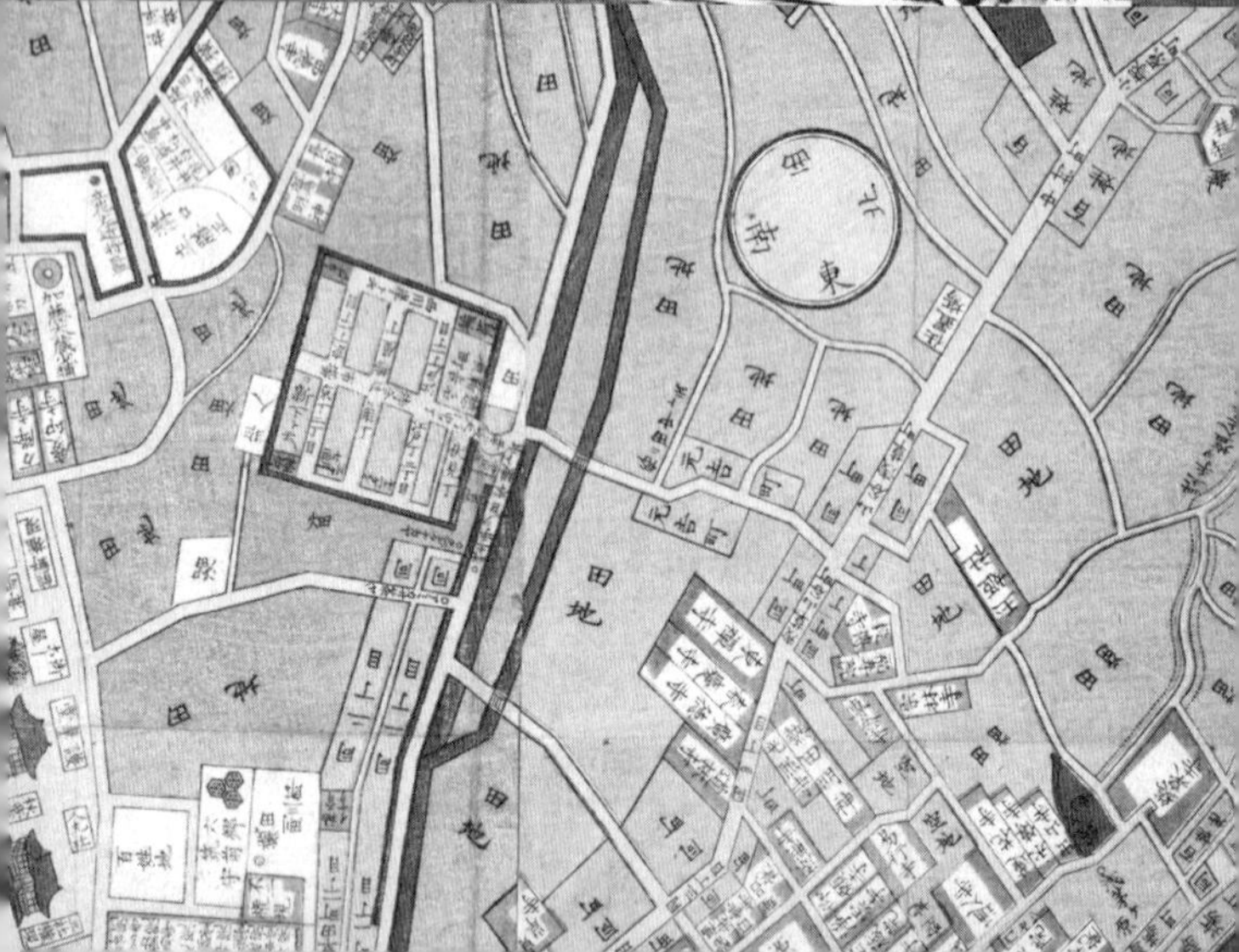

第六章◉吉原街歩き

吉原の面影を求めて

幹次郎たちが活躍する時代は今から二百年以上も昔。作品を通してその時代の輝きを十分堪能できるのが、時代小説の楽しさだ。

さて、二十一世紀の東京でも、ふらりと街歩きに出れば、『吉原裏同心』の世界を味わうことができる。

幹次郎たちが関わる場所は、主に吉原や浅草などだ。それらの場所では今もなお、江戸の痕跡があちこちに残っており、神社仏閣や街並みも、どこか下町の意気を感じさせるパワーを持っている。

たとえば、かつての吉原通いの「粋」を気取って、隅田川を船で吉原へ繰り出すというのはどうだろう。浅草から上陸し、吉原の面影を探しながら界隈を散策するルートを紹介してみる。

新吉原街歩き地図
荒川
京成本線
多聞寺
東京メトロ日比谷線
常磐線
N
鐘ヶ淵
木母寺
東武スカイツリーライン
隅田川
南千住
南千住
白鬚橋
明治通り
都電荒川線
三ノ輪橋
白鬚神社
向島百花園
浄閑寺
三ノ輪
首都高速6号向島線
土手通り
福寿院
三ノ輪一丁目
土手の伊勢屋
春慶院
吉原大門
一葉記念館
千束通り
千束四丁目
長命寺桜もち
山本や
吉原神社
昭和通り
つくばエクスプレス
千束三丁目
長命寺
鷲神社
今戸神社
弘福寺
浅草五丁目
吉原弁財天
山谷堀公園
馬道通り
待乳山聖天
浅草四丁目
三囲神社
入谷一丁目
入谷
浅草三丁目
戦災犠牲者追悼碑
言問橋
言問通り
東京メトロ日比谷線
国際通り
花やしき
浅草神社
隅田公園
とうきょう
スカイツリー
中央図書館
浅草寺
東武スカイツリーライン
浅草六区
東京都観光汽船
水上バス乗り場
梅園浅草本店
浅草
浅草
吾妻橋
墨田区役所
雷門
浅草
都営浅草線
合羽橋
雷門通り
浅草
東本願寺
東京メトロ銀座線
稲荷町
浅草通り
田原町
駒形橋

OI 隅田川

札差のにぎわいは今いずこ

隅田川をさかのぼり、吉原に通った人たちの気分を味わうには、水上バスに乗るのも一案だ。

東京都観光汽船や東京水辺ラインが水上バスを運航している。今回は東京都観光汽船を利用し、「日の出桟橋」からスタートし、吾妻橋の交差点近くの「浅草」で降りることにした。

ゆりかもめの「日の出駅」の改札を出てエレベーターを降り、少し進むと日の出客船ターミナルに着く。ここでチケットを購入し、乗船してみる。

船の後ろ側に乗ると、橋を見やすい。

出発して最初に見えてくるのが勝鬨橋《かちどきばし》。続いて佃大橋《つくだおおはし》、中央大橋、永代橋、隅田川大橋、清洲橋と続き、新大橋を過ぎると、右手に見えるのは両国国技館。さらに両国橋、蔵前橋、厩橋《うまやばし》、駒形橋を過ぎ、吾妻橋を経て浅草に着く。橋

浅草の船着き場近く、隅田川の豊かな流れの中を進む水上バス。スカイツリーやアサヒビール本社ビルと、吾妻橋を望む。日の出桟橋からは三〇～四〇分ほどで到着する。

DATA

東京都観光汽船（水上バス）

隅田川ライン：「日の出桟橋」～「浜離宮」～「浅草」間を運航。
運航ダイヤ等は、各乗船場、HP 等にてご確認ください。
https://www.suijobus.co.jp/

の形がひとつずつ違っていておもしろい。

　隅田川に最初にかかった橋は両国橋（万治二年［一六五九］）だが、当時は今より少し南にあった。

　両国橋と厩橋の間にはかつては御米蔵が並んでいた。南から順に八番堀、七番堀、六番堀とあり、厩橋近くが一番堀だった。蔵前橋の近くにあったのは四番堀と三番堀だ。このあたり、昔はさぞかし札差でにぎわっていたに違いない。川岸はかつての面影はもはやなく、無機的になっているのが寂しい。

02

隅田公園

吉原通いの猪牙舟を思う

吾妻橋交差点の近くから隅田川に沿って隅田公園が細長く延びている。台東区側の公園を北上して左折し、山谷堀公園に沿って土手通りに出ると、昔の人の気分を味わえる。

隅田川を挟んで墨田区側を見ると、まず目に入るのがアサヒビールの本社ビルと東京スカイツリー。吉原通いの猪牙舟はこの隅田川をさかのぼって山谷堀に入ったのだ。

東京大空襲の犠牲者を偲ぶ石碑。言問橋の縁石も隣に見える。

隅田公園は、冬の寒い時期には閑散としているが、三月の下旬からは賑わいを見せる。桜が咲く季節には花見客があちらこちらで楽しげな会話を交わしている。もちろん名物の桜は美しい。

言問橋《ことといばし》のたもと傍には戦災で亡くなった人たちを慰霊する犠牲者追悼碑が

桜並木が美しい隅田公園。

DATA
隅田公園
〒131-0033　墨田区向島1-2-5
各線「浅草」駅より徒歩5分

建てられ、散策の途中で手を合わせる人もいる。また碑の右には言問橋の縁石が置かれている。これは一九九二年に言問橋の欄干を改修した際に基部の縁石を切り取ったものだ。東京大空襲の際は言問橋も焔《ほのお》に包まれ、多くの人が亡くなった。その痛ましい過去を忘れないよう記念として保存しているのだ。

　言問橋の向こうには平成を記念するであろう東京スカイツリーがそびえ、たもとには昭和の遺産がひっそりと過去を物語っている。隅田川を挟んで二つの時代が向かい合っている。

03 待乳山聖天

金竜が舞い降りた場所

本殿には大根の意匠が。

隅田公園を進んでゆくと、やがて左手前方に現れるのが待乳山《まっちやま》。ここに待乳山聖天《しょうでん》がある。浅草寺の子院だ。

縁起録によると、待乳山は推古天皇三年（五九五）九月二十日に、浅草寺観世音が現れる前に一夜のうちに出現し、その際に金竜が舞い降りて守ったとされる。

さらに推古天皇九年（六〇四）の夏、大干ばつの折に十一面観世音菩薩が大聖歓喜天としてこの山に降り、人々の苦悩を救ったともいう。この聖天さまが信仰の対象となっている。『吉原裏同心』の九巻では、仮宅中の妓楼の遊女が待乳山聖天に昼参りに出かけたきり戻らないという場面があり、番頭がおろおろしている（第四章一節）。

境内に入るとまず右手に建てられた出世観音が目をひく。学業や芸道に励

DATA
待乳山聖天
〒111-0032 台東区浅草7-4-1
TEL(03)3874-2030
開堂時間：6:30〜16:30（4月〜9月は6:00〜）
各線「浅草」駅より徒歩10分
http://members2.jcom.home.ne.jp/matuti/

待乳山聖天宮本殿。

む者の尊崇を集め、一〜二月あたりには学生が参拝していることもしばしば。石段を登って本堂に着き参詣。このお寺には大根をかたどったものが多いことに気づく。大根は人間の深い迷いの心や嗔《いか》りの毒を表すとされており、大根を供えることで、聖天さまに浄化していただくのだという。巾着をかたどったものも多いが、これは商売繁盛を表すとのこと。一月七日に行われる大根祭りが有名で、ふろふき大根がふるまわれる。

待乳山聖天の東側にはかつて今戸橋がかかり、隅田川も近かった。さぞかし眺めがよかったことだろう。待乳山は浮世絵でもしばしば描かれており、その姿は江戸の人々の目に、ひとつの理想として映っていたのかもしれない。

04

吉原通いの道

山谷堀公園、今戸神社、春慶院

待乳山のすぐ近くには今戸橋の橋柱がある。ここにはかつて今戸橋がかかっていたのだ。山谷堀を流れる水は今戸橋までできて、やがて隅田川に辿りついていた。昔は近くに竹屋の渡しがあり、対岸に渡る人が利用した。また吉原通いの猪牙舟は隅田川を左折し今戸橋に来た。

『吉原裏同心』十一巻には以下のようにある。「吉原通いの猪牙舟は、見返り柳のある五十間道までは入らず新鳥越橋止まり、というのも、その上流で急に狭くなったからだ」（第二章四節）。

新鳥越橋は今の吉野橋跡付近だ。堀は今は暗渠《あんきょ》となっていてその上に造られたのが山谷堀公園。この堀の跡を待乳山近くからさかのぼることにしよう。かつては今戸橋、聖天橋《しょうでんばし》、吉野橋《よしのばし》、正法寺橋《しょうほうじばし》、山谷堀橋、紙洗橋《かみあらいばし》、地方新橋《じかたしんばし》、地方橋《じかたばし》、日本堤橋《にほんづつみばし》という橋がかかっていた。今は橋台のみを残すにとどめている。公園は春には桜につつまれる。

今戸橋の次は聖天橋だが、ここから右に曲がると、すぐ近くに今戸神社がある。縁結びにご利益があるとして最近人気のスポットだ。

境内に入ってみると、若い女性たちでいっぱいで、中には男女のカップルもいる。今戸神社に祀られているのは応神天皇と伊弉諾尊《イザナギノミコト》、伊弉冉尊《イザナミノミコト》、それに福禄寿だ。伊弉諾尊と伊弉冉尊の

細長く延びる山谷堀公園。
江戸の頃は客たちは山谷堀に入って舟を降り、駕籠や徒歩で廓を目指した。ひとつひとつの橋を辿って歩くのも楽しい。

二神が子孫の繁栄と縁結びの神とされ、境内には願いを託した丸い絵馬がたくさん掛けられている。また招き猫も数多く置かれている。

再び山谷堀公園に戻り、吉野橋、正法寺橋、山谷堀橋、紙洗橋と順に進んでゆく。紙洗橋とは妙な名だが、ここで職人が浅草紙という再生紙をすいていたという。なんだかうら寂しい雰囲気が続いていて、やはりひとつの役目を終えた場所という印象だが、見かけの華やかさより逆に妙にしっとりとくる感じもある。

地方橋を過ぎて右折すると春慶院がある。浄土宗のお寺で二代目高尾の墓があることで有名だ。墓は笠石塔婆《かさいしとうば》で戦災により亀裂が入り、一隅が欠けている。遺詠として「寒風にもろくもくつる紅葉かな」と刻まれている。紅葉は代々高尾の紋所。

春慶院には、幹次郎と汀女たちも五巻で墓参りに行っている（第二章二節）。江戸時代は今より少し東側にあったようだ。

再びもとの場所まで戻り、西に進むと広い通りに出る。そこが土手通りだ。

二代目高尾太夫の墓がある春慶院。墓は仙台侯の内命によって建てられたといわれる。

今戸神社。

DATA

今戸神社

〒 111-0024 台東区今戸 1-5-22

TEL(03)3872-2703

社務受付時間：9:00 ～ 17:00

各線「浅草」駅より徒歩 15 分

http://members2.jcom.home.ne.jp/imadojinja/T1.htm

春慶院

〒 111-0025 台東区東浅草 2-14-1

地下鉄「三ノ輪」駅より徒歩 18 分

05

土手通り

土手の名残を探して

土手通りはわりに広い通りだ。ここから三ノ輪方面に進む。日本堤の土手は今はないが、通りに並ぶ店には「土手」と名がつくところもあり、名残を感じさせる。

しばらく進むと右手に天丼で有名な「土手の伊勢屋」がある。戦火を逃れた木造建物が年季を感じさせる。中に入ると、青年たちが元気よく働いている。古い柱時計も印象的だ。天丼はてんぷらがどっさりのっているが、味は見た目ほど重くない。

土手通りを少し戻ると「吉原大門」という交差点がある。信号機の横に「吉原大門」とプレートがついているので見逃すことはない。土手通りの西側から五十間道へ入る。傍には何代目かの見返り柳がある。

土手の伊勢屋。ランチタイムには行列が。

吉原大門の交差点から見た、現在の土手通り。五十間道は、この右手に延びている。

06 吉原の街並みが残る場所
吉原と神社

大門から五十間道に入ると、今でもカーブしているのがわかる。道に沿って新聞販売店や小売りの店があるが、マンションも数多く建てられている。かつては編笠茶屋でにぎわったのだろうが、今は寂しい。

五十間道から仲之町通りに入ってみるが、並んだ店舗はクローズしているところも多く、やはり寂しい雰囲気。風俗店もあるが、昼間行くとさすがに活気はない。それでも夕方になるとタクシーが並ぶ。

かつての華やかさとは比べるべくもないが、町の作りは遊里の時代とあまり変わっていない。区画整理で変わってしまった所が多い東京では、珍しい場所かもしれない。

そのまま道なりに沿って歩くと、台東病院の手前に吉原神社がある。

昔は吉原の四隅には開運稲荷、榎本稲荷、九郎助稲荷、明石稲荷があり、商

優雅にカーブする、かつての五十間道。

関東大震災で池に逃れ、溺死した人々の供養のため建てられた観音像。今も死者たちを見守っている。一説では四九〇人が溺死したという。

売繁盛と廓内の安全を守る鎮主として祀られていた。これら四つの稲荷社と地主神の玄徳《よしとく》稲荷社を合祀し、明治八年に造られたのが吉原神社。

関東大震災の後に今の場所に移り、吉原弁財天を合祀した。芸能上達の神様として信仰されている。その昔水道尻《すいどじり》と呼ばれた場所の近くである。

近くには、弁財池跡がある。

いつしか池畔《ちはん》に弁財祠が祀られ、楼主たちが信仰していたという。大正十二年の関東大震災では多くの遊女がこの池に逃れ、溺死したとされる。その供養のため観音像が大正十五年に造立された。

その池も昭和三十四年、吉原電話局の建設工事のため埋め立てられ、昔の様子を知ることはできない。わずかにある池の水は清く鯉が泳いでいる。清冽な印象を与える場所である。

弁財天の祠には、数年前に美大生やOBらが制作した壁画があり、こちらも人目をひく。

祠には鮮やかな色彩の壁画が。

吉原神社。

DATA

土手の伊勢屋

〒111-0021 台東区日本堤 1-9-2
TEL(03)3872-4886
営業時間：11:30 ～ 14:00、17:00 ～ 20:00　※種の準備が出来次第営業、種が売り切れ次第終了
定休日：水曜
地下鉄「三ノ輪」駅より徒歩 12 分
http://doteno-iseya.com/

吉原神社

〒111-0031 台東区千束 3-20-2
地下鉄「三ノ輪」駅または「入谷」駅より徒歩 15 分
http://www.asakusa7.jp/yosi.html

07 商売繁盛を願う 鷲《おおとり》神社

十一月には酉の市に来た人を当てにして吉原では裏門を開いた。実際に行ってみると吉原から本当に近い。台東病院近くの花園公園の裏手から国際通りに出るとすぐだ。通りに面して巨大な熊手が飾られている。

鳥居をくぐるとその先には「浅草酉乃市起源發祥之神社」とある。お囃子の曲がかかっていて陽気な雰囲気。境内はかなり広い。

鷲神社では天日鷲命《あめのひわしのみこと》と日本武尊《やまとたけるのみこと》が祀られている。日本武尊が東方へ征伐に行く際、ここに立ち寄って戦勝祈願し、願いが叶った後この社前の松に武具の熊手を掛けてお礼参りをしたのが十一月の酉の日だったという。

賽銭箱の上にはなでおかめが置かれている。効用は以下の通り。

おでこをなでる……賢くなる。

熊手で有名な鷲神社。

DATA

鷲神社

〒111-0031 台東区千束3-18-7　TEL(03)3876-1515

地下鉄「入谷」駅より徒歩7分

http://www.otorisama.or.jp/

目をなでる……先見の明がきく。
鼻をなでる……金運がつく。
向かって右の頬をなでる……恋愛成就。
向かって左の頬をなでる……健康。
口をなでる……災いを防ぐ。
顎から時計まわりになでる……物事が丸く収まる。

神社めぐりをしているグループがここに立ち寄ることも多いし、家族と共に訪れている人もいる。商売繁盛など現世でのご利益がありそうな神社。

08 其角の碑で知られる 三囲神社

隅田公園散策の途中で言問橋を渡り、向島方面に渡る。左折して見番通りを進むと、やがて左手に三囲神社がある。

『吉原裏同心』の三巻（第三章一節）では幹次郎と汀女が一日休みをもらって散策を楽しむ場面がある。竹屋の渡し舟で隅田川を越え、まず行ったのが三囲稲荷社。

三囲神社の境内。

元禄六年（一六九三）に宝井其角が雨乞いの句を詠んだことで有名だ。江戸で雨がなかなか降らなかったため、其角が「夕立や　田を三巡りの　神ならば」と詠み、それ以降三囲社には俳人文人がよく来るようになったという。俳句に造詣が深い汀女もここを訪れたいと望んでいたのだ。

其角の句碑は安永六年（一七七七）に建てられたが、摩耗したため明治六年

其角の碑。

DATA
三囲神社
〒131-0033 墨田区向島2-5-17
TEL(03)3622-2672　各線「とうきょうスカイツリー」駅より徒歩8分
http://www.tokyo-jinjacho.or.jp/syoukai/13_sumida/13018.html

（一八七三）に再建された。

三囲神社は、弘法大師が祀ったという田中稲荷に始まるとされる。当時は今より北にあったという。

三井家は江戸進出時に名前にあやかってここを守護神とした。そのためか、平成二十一年に池袋の三越が閉店した際には、ライオン像を十月にここに奉納した。また三囲神社には隅田川七福神の恵比須神と大黒神が祀られている。

三囲神社の先を進むと弘福寺に辿りつく。ここに祀られてあるのは布袋尊。

09 長命寺

長命水と桜餅

弘福寺のすぐ近くには長命寺《ちようめいじ》があり、このお寺には弁財天が祀られている。ここは長命水が有名だ。徳川家光が鷹狩りの最中具合が悪くなり、ここの井戸水で薬を飲んだら良くなったという話が伝えられている（現在は水道水を引き込み、井戸が復元されている）。境内には成島柳北《なるしまりゆうほく》の碑もある。

長命寺にちなむものとして有名なのが桜餅。初代山本新六の志を受け継いだ店が寺の傍にある。大きな桜の葉が三枚付いていて、塩味がきいている。お土産用に購入するだけでなく、店内で煎茶と共に味わうこともできる。

薫り高い「長命寺の桜もち」。散策の途中に立ち寄りたい。

そういえば幹次郎と汀女も桜餅を食していて、『吉原裏同心』三巻では以下

DATA
長命寺
〒131-0033 墨田区向島5-4-4

長命寺桜もち 山本や
〒131-0033 墨田区向島5-1-14
TEL(03)3622-3266
営業時間：8:30～18:00
定休日：月曜　各線「浅草」駅より徒歩10分
http://www.sakura-mochi.com/

長命寺の長命水。

のように記されている。「二人はさらに長命寺に回って門前で名物の桜餅を食し、須崎村から寺島村、隅田村へと河畔をそぞろ歩いて、木母寺を訪ねて梅若塚に参り、遅昼を木母寺の門前にあった茶屋で楽しんだ」（第三章一節）。

　木母寺《もくぼじ》はここからはけっこう距離がある。なお梅若塚とは京都から人買いに騙されて連れてこられ、この地で死んだ梅若を悼んで建てた塚のこと。かつての木母寺は現在より東にあった。

　長命寺の近くには言問団子もあってこちらも名物。

10 浅草寺と浅草神社

日本屈指の観光名所

浅草寺は聖観音菩薩を本尊としている。

推古天皇三十六年（六二八）に、二人の兄弟が隅田川から観音菩薩を感得したという。それを郷司が、聖観世音菩薩であると知って、供養したのが始まり。

有名な雷門《かみなりもん》（風雷神門《ふうらいじんもん》）は正面に向かって右に風神、左に雷神が祀られている。現在の門は昭和三十五年（一九六〇）に復興再建されたもの。

その先の宝蔵門だが、現在の門は昭和三十九年に建てられた。左右には木造仁王像が安置されている。これらの山門はもともとは天慶五年（九四二）平公雅《たいらのきんまさ》により創建されたと言われている。

本堂も東京大空襲で焼失したものを昭和三十三年に再建したもの。本堂の前ではお香が焚かれていて、煙を身体にかけると病によいとのこと。この煙、幹次郎も十八巻で身につけている。「幹次郎が大香炉《おおごうろ》の前で足を止めて、線香の

一年中観光客で賑わう雷門。

浅草神社境内。

煙を手ですくい、わが身につけた」（第一章二節）。

幹次郎は十九巻でも浅草寺にお参りしている（第四章二節）。汀女は十巻で幹次郎の無事を祈り参拝（第五章三節）。

浅草寺本堂の近く、浅草神社には粧《よそおい》太夫がしたためた歌碑がある。人麻呂の「ほのぼのと　明石の浦の朝霧に　島かくれゆく船をしぞ思う」という歌で、文化十三年（一八一六）に人丸社《ひとまろしゃ》に献納したものという。昭和二十九年（一九五四）にこの地に移されたようだ。

疲れたら甘味処で一休みしよう。「梅園《うめぞの》」は浅草寺の子院だった梅園院《ばいおんいん》の一角で営業を始めたという老舗。名物のあわぜんざいはもっちりとした味わい。あんみつも美味で、人気を博している。

浅草神社境内には、粧太夫の手による歌碑が置かれている。

仲見世から一本入ったところにある梅園本店。

江戸時代から供されていたという老舗の名物、あわぜんざい。

DATA

浅草寺

〒111-0032 台東区浅草 2-3-1　TEL(03)3842-0181
開堂：6:00 ～ 17:00（10 月～ 3 月は 6:30 ～ 18:30）
各線「浅草」駅より徒歩 5 分　http://www.senso-ji.jp/

浅草神社

〒111-0032 台東区浅草 2-3-1　TEL(03)3844-1575
各線「浅草」駅より徒歩 5 分
http://www.asakusajinja.jp/index_2.html

梅園本店

〒111-0032 台東区浅草 1-31-12　TEL(03)3841-7580
営業時間 10:00 ～ 20:00　定休日：水曜日／月2回不定休あり
各線「浅草」駅より徒歩 5 分
http://www.asakusa-umezono.co.jp/

II 廓近くに住んだ女性作家

一葉記念館

日比谷線三ノ輪駅の1b出口から地上に出ると国際通りがある。この通りを千束の方に向かって歩くと、やがて一葉記念館への案内板が現れる。左折の表示だ。地下から地上出口に出た際に右側に観光案内図があるので、それを見てもよい。また、吉原から行っても近い。

樋口一葉《ひぐちいちよう》は明治を代表する作家として知られている。生活苦と闘ったことでも有名だ。明治二十一年(一八八八)、数え十七歳で家督を相続し、翌年に父が死んでからは母と妹の生活を支える役目を負った。

明治二十六年、生活のため下谷龍泉寺町三六八番地に家を借り、荒物雑貨・駄菓子店を営むようになった。ここは吉原に近いため、人力車がよく通った。この年の八月の日記によると、ある夜、門《かど》を通る車の数を数えたところ、十分間に七十五輛で、一時間なら五百輛にもなるだろうと書いている。また当時の

DATA
一葉記念館
〒110-0012 台東区竜泉 3-18-4
TEL(03)3873-0004
入館料：一般 300 円／小・中学生 100 円
開館時間：9:00 ～ 16:30（入館は 16:00 まで）
休館日：月曜 (祝日の場合は火曜休)、年末年始、特別展の前後など
地下鉄「三ノ輪」駅より徒歩 10 分
http://www.taitocity.net/taito/ichiyo/riyou.html

一葉記念館のエントランス。

吉原の様子も記されていて興味深い。

このあたりは吉原で働く廓者や廓を相手に商売をする者も多く住んでいたようだ。一葉の代表作といえばなんといっても『たけくらべ』。いずれは吉原に入ることを運命づけられた少女の心の動きを見事に描いた作品だが、それが形になり始めたのは一葉がこの町に住んだ後半からだという。

一葉が住んでいた明治二十六年から二十七年にかけての街並みの模型図が興味深い。人力車屋、酒屋、足袋屋、生薬屋、箪笥屋、糸切だんご屋などがある。茶屋町から変わろうとしていた過渡期の町の雰囲気が感じられる。

12 浄閑寺

遊女たちが眠る場所

荷風の言葉が刻まれているプレート

一葉記念館から一旦三ノ輪駅方面に戻り、地下鉄日比谷線1a出口に出て昭和通りを南千住方面に歩いてみる。途中の明治通りを越えてさらに進み、右手に入って少し歩くと、浄閑寺に辿りつく。

浄土宗の寺院で、明暦元年（一六五五）に創建された。吉原の遊女たちを葬った投込寺《なげこみでら》として知られている。

寺の裏手にある霊廟には新吉原総霊塔があり、吉原の遊女たちや廓で働いていた者たちを慰霊している。碑には、花又花酔の有名な川柳「生れては苦界死しては浄閑寺」が刻まれる。

寺には、歴代の住職が遊女たちにつけた戒名を記した過去帳が保存されているというが、多くは、遊女だからと差別をせずに、一般の人々と同等の戒名が

浄閑寺の山門。

DATA
浄閑寺
〒116-0003 荒川区南千住 2-1-12　TEL(03)3801-6870
地下鉄「三ノ輪」駅北口より徒歩 1 分　http://www.jyokanji.com/

つけられているという。遊女たちの菩提を引き受け続けた寺の度量の深さを思わずにはいられない。

霊廟には、昭和三十八年（荷風の死から四年後）に建てられた永井荷風の碑や筆塚もある。遊女たちを偲び、荷風はよくこの寺を訪れていた。荷風の他にも、この寺を愛した文化人の墓やゆかりの碑も多くある。

吉原方面からこの浄閑寺に来るには、土手通りを通るのがよいだろう。

浄閑寺の東には回向院《えこういん》がある。ここは小塚原《こづかっぱら》に近かったこともあり、刑死者を慰霊している。吉田松陰や橋本左内の墓もある。

13 笹乃雪

人々を虜にした絹ごし豆腐

根岸にある豆腐料理の名店「笹乃雪」の由来は、絹ごし豆腐を発明した初代玉屋忠兵衛が、元禄四年（一六九一）上野の宮様のお供をして京都から江戸に移り住み、江戸で初めて絹ごし豆腐を作り、豆腐茶屋を開いたことにある。

趣ある「笹乃雪」本店外観。

「鶯谷」駅北口を出ると、言問通りと尾竹橋通りがクロスしている。寛永寺陸橋の下をくぐり、尾竹橋通りを少し進むと、「笹乃雪」ビルがある。根岸二丁目だ。だが、店の人が教えてくれたことによると、江戸時代には五十メートルほど離れていて、今は暗渠となっている音無川（かつては王子方面から浄閑寺の側を通り、山谷堀を通って隅田川に流れ込んでいた）の近くにあったという。

一人前にふたつずつ出てくるのがあんかけ豆腐のしきたり。なめらかなあんが、豆腐の風味を引き立てる。

DATA

笹乃雪

〒110-0003 台東区根岸2-15-10　TEL(03)3873-1145

営業時間：11:30～20:00（L.O.）　定休日：月曜（祝日の場合火曜休）

JR山手線「鶯谷」駅北口より徒歩2分

http://www.sasanoyuki.com/

「笹乃雪」の名物は「あんかけ豆富」。ここでは九代目から豆腐を「豆富」と記すようになった。手ごろな価格で豆腐料理のコースが楽しめる。生《いけ》盛膾《もりなます》（白酢和え）は自分でまぜてあえるのだが、美味。デザートの前に出てくる〆のうずみ豆富（豆富茶漬け）は甘辛の江戸の味わいだ。湯豆腐のコースもある。

ランチ時は女性同士が多いが、ひとりで食べている男性客もいるので、臆することはない。四巻（第一章二節）では幹次郎と汀女がここで豆腐料理を食し、幸せ感に浸っている。

14 豊島屋

老舗の白酒の味

『鎌倉河岸捕物控』のシリーズを読んでいる人には酒問屋「豊島屋」はおなじみだろう。この店は桃の節句に売られる白酒で有名だ。創業は慶長元年（一五九六）というから老舗中の老舗。今は猿楽町に本店がある。

地下鉄「神保町」駅から靖国通りに出て駿河台下の交差点方向に進んでみる。途中で左折し猿楽町通りに入り、千代田区立お茶の水小学校・幼稚園の横を右折してそのまま進むと豊島屋本店に着く。

『吉原裏同心』三巻（第四章一節）では駕籠かきふたりが鎌倉河岸の酒問屋豊島屋に向かっていく描写がある。そう、ここは元々鎌倉河岸にあったのだ。白酒が売り出される様子は『江戸名所図会』に描かれるほど有名で、多くの人でにぎわっていたことがわかる。下り酒も売り、田楽も供していた。

この地に移ってきたのは東京が焼け野原になった戦後とのこと。

豊島屋の白酒。

DATA
豊島屋本店
〒101-0064 千代田区猿楽町
1-5-1
TEL(03)3293-9111
地下鉄「神保町」駅 A5 出口より
徒歩 5 分
http://www.toshimaya.co.jp/

名物の白酒は今も一月末から販売されている。平成二十五年には二月中に売り切れてしまったが、翌二十六年には数を増やしたため三月末でも買うことができた。確実に買うなら二月中の方が安心だろう。米と米麹、本みりんで作られていて甘い味わい。また独自のブランド酒「金婚」も人気となっている。スパークリングワインのような「綾」という微発泡の純米酒も出していて、細かいもろみ成分が下に沈んでいるのが特徴。いずれの酒も瓶の形やラベルにまで気を配っていて、老舗の立場に甘んじず、時代の嗜好をつかもうとしている。

佐伯泰英の
長編時代小説

●「吉原裏同心」シリーズ紹介

吉原裏同心（一）

流離《りゅうり》

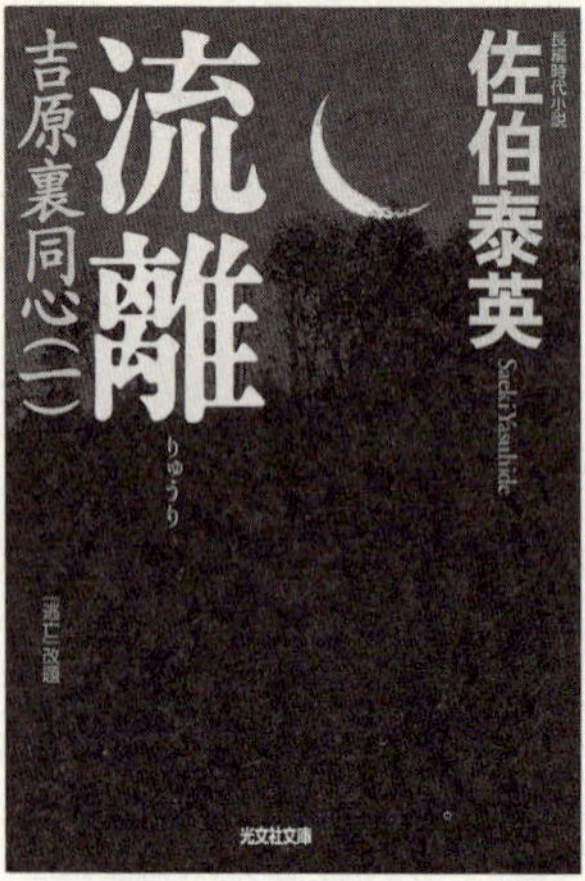

幹次郎、幼馴染の人妻と逐電。妻仇討を逃れて、吉原裏同心に。

『逃亡』改題　二〇〇三年三月

豊後岡藩の馬廻役《うままわりやく》・神守幹次郎は、納戸頭《なんどがしら》の妻になっていた汀女と逐電《ちくでん》した。幼馴染で、三歳年上の汀女を好いていた幹次郎が、彼女の婚姻が理不尽なものであると知っての行為であった。妻《め》仇討《がたきうち》の追手を避けながら、十年の歳月を流浪の旅に費やしたふたりは、江戸へ。そして汀女の弟の悲劇が縁になり、吉原の四郎兵衛会所の主・七代目四郎兵衛と出会う。吉原の奉行ともいうべき四郎兵衛に剣の腕と人柄を見込まれた幹次郎は、ここを夫婦の安住の地とすべく、遊廓の用心棒「吉原裏同心」を引き受ける。「吉原裏同心」シリーズ第一弾。

吉原裏同心（二）

足抜《あしぬき》

吉原から遊女が相次ぎ失踪。
幹次郎が辿り着いた「真相」とは。

二〇〇三年九月

吉原から相次いで、遊女が失踪《しっそう》した。さらに花魁道中の直前に、当代きっての人気太夫までもが忽然《こつぜん》と姿を消してしまった。はたして足抜なのか。だが、吉原から抜け出した方法も、その後の行方も分からない。この不可解な騒ぎの探索を始めた吉原裏同心の神守幹次郎は、遊女一人の消息を突き止める。しかし、遊女や家族を前にして黒幕が動き、真相の究明は頓挫《とんざ》する。さまざまな騒動を片付けながら一件を追っていた幹次郎の前に、やがて醜い悪党たちの姿が浮かび上がった。許せぬ悪に幹次郎の豪剣が唸《うな》る。脇役陣も充実したシリーズ第二弾。

吉原裏同心（三）

見番
けんばん

吉原で起こった連続殺人。陰謀を幹次郎の秘剣が討ち砕く！

文庫書下ろし

二〇〇四年一月

天明六年、十代将軍家治の死去で、老中・田沼意次が失脚した。幕閣の権力地図は塗り替えられ、それが逆風となって吉原に吹きつけることとなった。その煽《あお》りを受けて営業停止となった吉原で、立て続けに二人の女が殺された。一人は「お針」と呼ばれる縫い子、もう一人は切見世の女郎だった。探索に乗り出した神守幹次郎だが、残された手がかりから下手人が浮かび上がる。一件落着かに見えた事件、しかしその背後には吉原の利権を狙う大きな陰謀が隠れていた——。巨悪を相手に、幹次郎の秘剣「浪返し」「横霞み」が炸裂《さくれつ》する。

吉原裏同心（四）

清掻《すががき》

新任の隠密廻り同心の「吉原乗っ取り」を幹次郎の豪剣が断つ！

文庫書下ろし　二〇〇四年七月

吉原面番所に新任の同心が配属され、突如、会所の閉鎖を命じてきた。あまりに強硬な新任同心の態度に、訝《いぶか》しいものを感じる会所の面々。会所が表立って動けなくなった吉原では引ったくりや掏摸《すり》が横行し、吉原は窮地に陥る。ひそかに吉原を守りながら、新任同心のことを調べ始めた神守幹次郎たちだったが、同心のどす黒い過去が浮かび上がる。さらに、その背後には、吉原の利権を狙って魔手を伸ばしてきた大物の存在が。絶体絶命の吉原を救うために、幹次郎と吉原会所は立ち上がった――。三味線の「清掻」がさらにシリーズを盛り上げる第四弾。

吉原裏同心（五）

初花《はつはな》

◉三一四

遊女を死に追いやった外道を、遊女三千人の守護神が成敗する！

文庫書下ろし

二〇〇五年一月

神守幹次郎と汀女が吉原会所に雇われてから一年と数カ月が経った。十代将軍家治が死去して田沼時代が終わりを告げ、穏やかな春を迎えていた吉原で、一人の遊女・逢染が布団部屋の奥で首を括っているところを発見される。ある男の非道な仕打ちに抵抗しての死だった。遊女を死に追いやったのは元老中田沼家家臣。遊女の無念を晴らすべく、幹次郎は立ち上がる。一方、幹次郎と汀女の幼馴染である豊後岡藩の中間・足田甚吉が、藩財政立て直しの煽りを受け奉公を解かれた。吉原の事件探索、そして友の仕事の世話と、幹次郎は東奔西走する。

吉原裏同心（六）

遺手《やりて》

おしまに哀しき過去が！　幹次郎、「母」の遺志を胸に信濃路へ。

文庫書下ろし

二〇〇五年九月

吉原にある総籬・新角楼の遣り手おしまが何者かに殺され、貯めていた金子二百三十余両も奪われていた。吉原裏同心の神守幹次郎はさっそく探索を始めたが、おしまは小見世だった頃の新角楼の抱え女郎で、楼主と番頭の反対にもかかわらず子供を産んでいた事実が判明する。事件解決の鍵を握り、おしまの産んだ子供を捜していた幹次郎たちが辿り着いたのは意外な人物だった。おしまの無念を晴らした幹次郎は、おしまの故郷に遺髪《いはつ》を届けたいという吉原会所の四郎兵衛に従い、信濃国を目指すことに――。幹次郎が初めて旅に出るシリーズ第六弾。

吉原裏同心（七）

枕絵

まくらえ

●三一六

玉菊灯籠職人の「裏の顔」とは。
幹次郎は、汀女といざ白河へ。

文庫書下ろし　二〇〇六年七月

吉原にある曙湯の薪《たきぎ》置き場で、玉菊灯籠職人・秀次の死体が見つかった。秀次と関係のあった人間を虱潰《しらみつぶ》しにあたる吉原裏同心の神守幹次郎は、秀次の悪行を知ることになる。はたして手籠《てご》めにされた女たちの凶行か。しかし、事件は意外な展開を見せる。事件を解決した幹次郎に、会所の七代目頭取・四郎兵衛から御用の命が下る。行き先は陸奥国の白河城下。寛政の改革に乗り出した老中首座・松平定信に吉原が贈った女性（側室）お香の警護をする幹次郎と汀女。しかし、定信の愛妾お香を田沼派の残党が狙う。読みどころ満載のシリーズ第七弾。

吉原裏同心（八）

炎上《えんじょう》

人を襲う「猿」と道場破り、白装束集団。そして凄絶吉原炎上！

文庫書下ろし

二〇〇七年三月

香取神道流津島傳兵衛《つしまでんべえ》道場。神守幹次郎が通うその津島道場に、人を襲う猿を連れた三人の道場破りが現れる。狙いは道場か、それとも幹次郎か。そして、吉原の遊女が首筋に鋭利な爪を突き立てられて殺される。これも猿を伴った殺し屋たちの仕業か。探索を続ける幹次郎たちの前に現れたのは、女頭領に率いられた謎の白装束集団。彼らの背後に控える田沼一派の陰謀を砕くため、幹次郎は激しい闘いに身を投じる。そして、吉原が大火に包まれることに——。炎上する吉原を背景にしたラストの斬り合いが凄絶《せいぜつ》なシリーズ第八弾。

吉原裏同心（九）

仮宅《かりたく》

●三一八

吉原が再建へ向けて仮宅営業。
卑劣な魔手を幹次郎が討つ！

文庫書下ろし

二〇〇八年三月

大火で吉原は灰燼《かいじん》に帰した。新たなる吉原が再建されるまで、五百日間の仮宅営業となった。これを機に商売を畳む店もあれば、仮宅が繁盛する店もある。天明の火事のさなか、客は馴染の遊女の手を引き、大門外に逃れたり、遊女自ら外に出て客の家に身を寄せたりした。吉原焼尽《しょうじん》の後、三日を過ぎても戻らない半籬三扇楼の稼ぎ頭花蕾に足抜の疑いが。調べを進めていた吉原裏同心の神守幹次郎だが、足抜かと思われていた花蕾が死骸で発見された。そして、他の見世からも遊女が姿を消す。仮宅の隙を衝いた黒い魔手に、幹次郎は立ち上がる。

吉原裏同心（十）

沽券《こけん》

茶屋が続々買収！ 娘を取り戻すために、幹次郎、一路小田原へ。

文庫書下ろし　二〇〇八年十月

天明八年の正月早々、仮宅営業を続ける吉原に激震が走った。何者かが、吉原の引手茶屋の沽券状（土地の売買契約書）を買いあさっていたのだ。吉原が再建されたとき、食い込もうとする策謀か。事態を重く見た吉原会所の男衆と吉原裏同心の神守幹次郎が奔走するが、やがて沽券状を売った茶屋夫婦は死体で見つかる。しかもその二人の娘の行方が分からない。二人の娘を必死で捜す幹次郎たちは、巨漢の武芸者を引き連れて沽券状を買い集める黒幕に辿り着く。吉原乗っ取りを画策する黒幕の真の狙いとは……。幹次郎の敵との死闘は興奮必至！

吉原裏同心（十一）

異館《いかん》

吉原を襲う「新たな危機」を
幹次郎、死を賭して斬る！

文庫書下ろし　二〇〇九年三月

真鶴から江戸に戻った吉原裏同心・神守幹次郎は、謎の剣客に襲われる。吉原会所七代目頭取の四郎兵衛は、幹次郎に新たな危機が吉原に迫っていると漏らす。京の大火で新たに吉原に移転してきた怪しい商人が薄墨太夫に接触してきたというのだ。吉原に取り入ろうとする商人の画策の一方で、吉原の客の武家が斬殺された。身代わりの左吉の協力を得ながら事件の探索を続ける幹次郎の前に浮かび上がった異形の侍。そして三つの事件がひとつに収斂したとき、江戸の地に驚天動地の異館が出現。幹次郎は死を賭して決戦の場に向かう！

吉原裏同心（十二）

再建《さいけん》

死んだはずの女郎が生きていた⁉
「執念の女」の業を断て！

文庫書下ろし

二〇一〇年三月

仮宅明け間近の吉原に、在所訛りの年寄りと幼さの残る娘が野地蔵をもってきた。先の大火で死んだ女郎の供養だという。しかし、その死んだはずの女郎を江ノ島で見たという男が現れた。いったいどういうことか。真相を探るべく吉原会所の番方・仙右衛門と共に、江ノ島に赴《おもむ》いた神守幹次郎の前に現れたのは……。そして、幹次郎に襲い掛かる居合の達人。居合同士の凄まじい対決が展開される。江戸に戻った幹次郎を、また新たな事件が待っていた。吉原の守護神として剣をふるう幹次郎と、女たちのドラマがっちりと楽しめる。

吉原裏同心（十三）

布石《ふせき》

江戸の札差百九株を束ねる筆頭行司の伊勢亀半右衛門が、薄墨太夫と神守幹次郎・汀女夫婦を川遊びに誘った。だがこれを機に、新興の札差・香取屋武七の魔手が吉原会所の面々に忍び寄る。江戸の経済を牛耳《ぎゅうじ》る札差筆頭行司の座を巡り、伊勢亀半右衛門と暗闘を繰り広げる香取屋武七の背後には、田沼一派の影がちらつく。そしてまた、吉原の妓楼初音楼の男衆が殺害された。この一件にも田沼一派の影がつきまとう。香取屋武七の正体とは、そしてその真の目的は何か——。吉原裏同心・神守幹次郎の剣と推理が冴《さ》えわたるシリーズ異色の第十三弾。

筆頭行司を狙う新興の謎の札差。背後にまたも田沼意次の影が。

文庫書下ろし

二〇一〇年十月

吉原裏同心（十四）

決着《けっちゃく》

元看板花魁の過去の因縁。筆頭行司を巡り、始まる血の闘争！

文庫書下ろし 二〇一一年三月

一時は看板の花魁まで登りつめた白川が斬殺された。調べを進める吉原裏同心の神守幹次郎。すると、そこには哀しき過去の因縁が浮かび上がる。一方、江戸の経済を牛耳る札差筆頭行司の座を狙う新興札差の香取屋武七との闘いに巻き込まれた幹次郎と汀女。劣勢に立たされていた伊勢亀派の反撃が始まり、香取屋に与《くみ》した札差の切り崩しが始まると、香取屋一派は新たな武装集団を組織。幹次郎が支える伊勢亀派との「血の闘争」が始まった。そして、香取屋の背後に、すでに亡くなったはずの田沼意次の姿が。はたして、真相は――。衝撃の第十四弾。

吉原裏同心　（十五）

愛憎《あいぞう》

◉三二四

薄墨太夫の本名を知る過去の男の陰謀を、正義の刃が一刀両断！

文庫書下ろし

二〇一一年十月

吉原で人気の中見世桜花楼に脅迫文が投げ込まれた。相談を受けた吉原裏同心の神守幹次郎と吉原会所の男衆が調べ始めたところ、幹次郎の前には「夜嵐の参次」と名乗る刺客が現れ、殺害を予告する。一方、総籬三浦屋の人気花魁・薄墨太夫の前には、薄墨の本名を知る怪しい人物が。そして、薄墨太夫が可愛がっていた禿の小花が消えた。小花を拐かした首謀者の狙いとは——。敵に短筒という飛び道具があることを知った幹次郎は、それに対抗すべく新たな武器を考え出す。奥山の人気芸人直伝の新得物を手に、幹次郎が吉原を騒がす敵に挑む！

吉原裏同心（十六）

仇討《あだうち》

連続する盗難事件。小さな盗人たちの背後に蠢く魔の手とは。

文庫書下ろし

二〇一二年三月

年が明けた「御免色里」の吉原で、客の懐中物や花魁の櫛や笄が次々に盗まれる騒動が起きた。悪童たちの仕業とみて、さっそく捕縛にあたった吉原裏同心の神守幹次郎。しかし、調べが進むうち、悪童たちの背後にさらなる大きな勢力の存在がちらつきだす。また、仲之町では願人坊主と若侍の仇討騒動が勃発。仲裁に入った吉原会所だったが、それがもとで譜代大名家の騒動に巻き込まれることになる。大名家との対立を回避する秘策はあるのか。そして、仇討の行方は——。幹次郎は豪剣と必殺武器「小出刃」で新たな敵に立ち向かう。

吉原裏同心（十七）

夜桜《よざくら》

●三二六

江戸に「走り屋侍」現わる！
走り合いの衝撃の結末とは！

文庫書下ろし　二〇一二年十月

金子を賭けて早足自慢に「走り合い」を挑む若侍が日本橋に現われ、江戸が沸いた。その話題性に目をつけた読売屋は、その走り屋侍を吉原に呼び、江戸中から選りすぐった健脚五人を相手に「走り合い」をさせるという企てを吉原会所に持ち込んだ。客寄せのために企てを進める読売屋、しかし、裏同心の神守幹次郎は、その若侍の正体を探るべく、調べを始める。一方、吉原の総籬では人気の振袖新造に足抜騒動が持ち上がる。しかし、その先に待っていたのは惨劇だった。そして、ついに火蓋が切られた「走り合い」の衝撃的な結末とは——。

吉原裏同心（十八）

無宿《むしゅく》

質商一家七人が殺された！　薄墨太夫に迫る「危険な眼」とは。

文庫書下ろし
二〇一三年三月

質商・小川屋の一家総勢七人が斬殺された。その朝、吉原裏同心の神守幹次郎は不審な二人組とすれ違っていた。非情極まる凶行に江戸には衝撃が走るが、町奉行所の探索は難航する。一方、吉原では、人気絶頂の花魁・薄墨太夫の周囲に異変が起こる。薄墨を見張る「眼」を感じた幹次郎は、不審な若侍と薄墨の過去を調べ始める。ついに判明した薄墨の過去と、若侍の正体！　そして、定廻り同心・桑平市松《くわひらいちまつ》から「小川屋事件」の探索の助を頼まれた幹次郎は桑平とともに探索を進めたところ、二人の無宿者の存在が浮かび上がる——。

吉原裏同心（十九）

未決《みけつ》

◉三二八

中見世の女郎が不審な心中！
幹次郎と会所の前に初めての壁。

文庫書下ろし　二〇一三年十月

老舗の中見世・千惷楼で、客に人気のあった女郎・莉紅《りこう》が客と心中した。知らせを受けた吉原裏同心・神守幹次郎と会所の番方・仙右衛門は、その死に方に疑いを抱く。真相を究明するため、莉紅の過去を調べる幹次郎、しかし、その過去はあまりにも謎が多すぎる。そして、ついに莉紅は殺害されたという結論に達した幹次郎と仙右衛門は謎の鍵を握る人物の元に赴く。同時刻、吉原会所の七代目頭取の四郎兵衛は南町奉行に呼び出されて、ある「通告」を受けていた。吉原会所、幹次郎が初めて味わう敗北感と挫折。はたして、その真相とは——。

吉原裏同心　(二十)

髪結《かみゆい》

女髪結につきまとう不審な若い衆。そして四郎兵衛が拐される！

文庫書下ろし　二〇一四年四月

吉原裏同心の神守幹次郎・汀女夫婦と同じ長屋で暮らす女髪結のおりゅうが、幹次郎に相談を持ちかけた。妹のおきちが不審な若い衆につきまとわれているのだという。おきちの警護を始めた幹次郎の前にさっそく現れた若い衆を捕まえた幹次郎だったが、それがとんでもない騒動の幕開けだった。やっと解決を見たと思えた矢先、今度はおきちの姿が消える。一方、一夜千両の「御免色里」吉原が再び狙われる。吉原会所七代目頭取の四郎兵衛が拐かされたのだ。吉原を狙い再び蠢《うごめ》きだした「闇の力」に、幹次郎は豪剣で四郎兵衛を救いに向かう！

●三三〇

吉原裏同心（二十一）

遺文《いぶん》

幹次郎、いざ鎌倉へ！
シリーズ最高傑作。

文庫書下ろし

二〇一四年六月

吉原裏同心の神守幹次郎の元に、身代わりで入牢中の左吉から文が届く。命の危険を訴える左吉の警護をした幹次郎の前に現れた五人の刺客。しかし、それは序曲に過ぎなかった。牢内で殺された人物から左吉が入手した紙片。それは吉原の存続を左右する書付『吉原五箇条遺文』の存在を示すものだった。吉原にとって重大な『遺文』の存在を確かめに、幹次郎は会所頭取の四郎兵衛とともに鎌倉へ。『遺文』で吉原を掌中に収めようとした人物の正体とは——。そして、幹次郎は、因縁の相手と「最後の対決」に臨む。シリーズ史上最高傑作！

◇「吉原裏同心」シリーズ紹介

参考文献

「異本洞房語園」「吉原戀の道引」「吉原大全」「青楼雑話」「吉原十二時」「吉原青楼年中行事」「北里見聞録」『復刻版　吉原風俗資料　全』蘇武綠郎編　永田社刊
「大通伝」「古今青楼噺之画有多」「玉菊燈籠弁」「傾城觴」「傾城秘書」『江戸吉原叢刊　第6巻』江戸吉原叢刊刊行会編　八木書店
『新版　色道大鏡』新版色道大鏡刊行会編　八木書店
「傾城買四十八手」「春告鳥」『洒落本　滑稽本　人情本』新編日本古典文学全集80　中野三敏、神保五彌、前田愛校注・訳　小学館
「金々先生栄花夢」「傾城買四十八手」『黄表紙　洒落本集』日本古典文学大系59　水野稔校注　岩波書店
「好色一代男」『井原西鶴集一』日本古典文学全集38　暉峻康隆、東明雅校注・訳　小学館
「蜘蛛の糸巻」『日本随筆大成第二期7』日本随筆大成編輯部編　吉川弘文館
「花街漫録」『日本随筆大成第一期9』（新装版）日本随筆大成編輯部編　吉川弘文館
『樋口一葉　日記・書簡集』樋口一葉著　関礼子編　ちくま文庫
『新吉原史考』東京都台東区役所編集発行

『吉原』石井良助　中公新書
『図説　吉原事典』永井義男　学研M文庫
『江戸三〇〇年吉原のしきたり』渡辺憲司監修　青春出版社
『江戸の暮らしが見えてくる！　吉原の落語』渡辺憲司監修　青春出版社
『吉原と島原』小野武雄　講談社学術文庫
『江戸の色里―遊女と廓の図誌』小野武雄　展望社
『江戸吉原図聚』三谷一馬　中公文庫
『遊女の知恵』江戸時代選書5　中野栄三　雄山閣
『江戸色街散歩』岩永文夫　ベスト新書
『増訂　武江年表』1　斎藤月岑著　金子光晴校訂　東洋文庫
『東海道名所記』1　浅井了意著　朝倉治彦校注　東洋文庫
『三田村鳶魚　江戸生活事典』（新装版）稲垣史生編　青蛙房
『江戸編年事典』（新装版）稲垣史生編　青蛙房
『三田村鳶魚　江戸武家事典』（新装版）稲垣史生編　青蛙房
『花柳風俗』鳶魚江戸文庫26　三田村鳶魚著　朝倉治彦編　中公文庫
『江戸結髪史』（新装改訂版）金沢康隆　青蛙房
『江戸服飾史』（新装改訂版）金沢康隆　青蛙房
『日本服飾史』谷田閲次、小池三枝著　光生館
『江戸生業物価事典』（新装版）三好一光編　青蛙房

『江戸物価事典』（新装版）小野武雄編著　展望社
『江戸グルメ誕生―時代考証で見る江戸の味』山田順子　講談社
『江戸のファーストフード』大久保洋子　講談社選書メチエ
『近世風俗志』（守貞謾稿）一〜五　喜田川守貞著　宇佐美英機校訂　岩波文庫
『嬉遊笑覧』一〜五　喜多村筠庭著　長谷川強、江本裕、渡辺守邦、岡雅彦、花田富二夫、石川了校訂　岩波文庫
『世事見聞録』武陽隠士著　本庄栄治郎校訂　奈良本辰也補訂　岩波文庫
『大江戸美味草紙』杉浦日向子　新潮社
『幕末下級武士の記録』山本政恒著　吉田常吉校訂　時事通信社
『日本ビジュアル生活史　江戸のきものと衣生活』丸山伸彦編著　小学館
『江戸衣装図鑑』菊地ひと美　東京堂出版
『江戸のダンディズム　男の美学』大江戸カルチャーブックス　河上繁樹　青幻舎
『江戸三〇〇年の女性美　化粧と髪型』大江戸カルチャーブックス　村田孝子　青幻舎
『江戸の華　吉原遊廓』双葉社
『吉原遊女のすべて』渡辺憲司監修　Gakken Mook CARTA シリーズ　学研パブリッシング
『大江戸まる見え番付ランキング』小林信也監修　Gakken Mook CARTA シリーズ　学研パブリッシング
『江戸の食と暮らし』別冊歴史REAL　洋泉社ＭＯＯＫ　洋泉社
『図説　江戸吉原の本』洋泉社ＭＯＯＫ　洋泉社

『図説　浮世絵に見る江戸吉原』（新装版）佐藤要人監修　藤原千恵子編　河出書房新社
『図説　浮世絵に見る色と模様』近世文化研究会編　河出書房新社
『橘花の仇』鎌倉河岸捕物控〈一の巻〉佐伯泰英　ハルキ文庫
『鎌倉河岸捕物控　街歩き読本』佐伯泰英監修　鎌倉河岸捕物控読本編集部編　ハルキ文庫
『娯楽都市・江戸の誘惑』安藤優一郎　ＰＨＰ新書

光文社文庫

佐《さ》伯《えき》泰《やす》英《ひで》「吉《よし》原《わら》裏《うら》同《どう》心《しん》」読《どく》本《ほん》

編　者　光文社文《こうぶんしやぶん》庫《こ》編集《へんしゆう》部《ぶ》

2014年6月20日　初版1刷発行

発行者　駒　井　　稔
印　刷　萩　原　印　刷
製　本　ナショナル製本

発行所　株式会社　光　文　社
〒112-8011　東京都文京区音羽1-16-6
電話（03）5395-8149　編　集　部
　　　　　　　　8116　書籍販売部
　　　　　　　　8125　業　務　部

ISBN978-4-334-76751-8　Printed in Japan

組版　萩原印刷

お願い　光文社文庫をお読みになって、いかがでございましたか。「読後の感想」を編集部あてに、ぜひお送りください。
　このほか光文社文庫では、どんな本をお読みになりましたか。これから、どういう本をご希望ですか。どの本も、誤植がないようつとめていますが、もしお気づきの点がございましたら、お教えください。ご職業、ご年齢などもお書きそえいただければ幸いです。当社の規定により本来の目的以外に使用せず、大切に扱わせていただきます。

光文社文庫編集部